历代笔记小说大观

萍洲可谈
老学庵笔记

[宋] 朱彧 陆游 撰 李伟国 高克勤 校点

图书在版编目(CIP)数据

萍洲可谈 老学庵笔记／(宋)朱彧 陆游撰；
李伟国 高克勤校点. —上海：上海古籍出版
社，2012.12(2023.8重印)
(历代笔记小说大观)
ISBN 978-7-5325-6343-2

Ⅰ.①萍… ②老… Ⅱ.①朱… ②陆… ③李…
④高… Ⅲ.①笔记小说-小说集-中国-宋代
Ⅳ.①I242.1

中国版本图书馆 CIP 数据核字(2012)第 044792 号

历代笔记小说大观

萍洲可谈 老学庵笔记

[宋]朱 彧 陆 游 撰

李伟国 高克勤 校点

上海古籍出版社出版发行

(上海市闵行区号景路 159 弄 1-5 号 A 座 5F 邮政编码 201101)

(1) 网址：www.guji.com.cn

(2) E-mail：guji1@guji.com.cn

(3) 易文网网址：www.ewen.co

常熟文化印刷有限公司印刷

开本 635×965 1/16 印张 9.75 插页 2 字数 131,000
2012 年 12 月第 1 版 2023 年 8 月第 2 次印刷
印数：2,101—3,200
ISBN 978-7-5325-6343-2
I·2497 定价：25.00 元

如有质量问题,请与承印公司联系

总　目

萍 洲 可 谈

［宋］朱　彧　撰

李伟国　校点

校 点 说 明

　　《萍洲可谈》三卷，宋朱彧撰。彧字无惑，乌程（今浙江湖州）人，晚年定居湖北黄冈，自号"萍洲老圃"。《可谈》所记，多为朱彧随父朱服游宦所至见闻，卷二详细记载北宋广州市舶司的职能以及舶船航海、外商"住唐"等情况，最为精彩。中外商船到达港口，先由市舶监官"抽解"，即征收关税，税率随物而异，商人往往想方设法规避官市，但不敢逃避"抽解"。汉商出外当年不回来的，叫作"住蕃"，诸外国商人至广州当年不回去的，叫作"住唐"，"住唐"商人被安置在一处居住，叫作"蕃坊"，"蕃坊""置蕃长一人管勾公事"，已经带有现代领事的性质。《可谈》对在"蕃坊"居住的外国商人的衣饰、饮食、宗教信仰等多所记载。这些材料，在浩瀚的宋代史料中极少见到。《可谈》描述宋代朝章国故、制度变更、士人风气等，也十分可贵。朱彧的父亲朱服，在熙、丰时基本上是新派人物，元祐更化，"未曾一日在朝"（《宋史》本传），《可谈》记述当时诸多政治人物的事迹，其间之好好恶恶，如褒王安石而贬苏轼等，不免受其父的影响。

　　此书《宋史・艺文志》、《直斋书录解题》等著录作三卷，《解题》还说其书有朱彧宣和元年自序，今原本已不可见。现存最早的刻本，当推宋左圭《百川学海》所收五十五条，显系删节本，清乾隆官修《四库全书》，从《永乐大典》各韵下辑得一百八十余条，重加编定为三卷，始稍复原本之旧。今即以库本系的《墨海金壶》本为底本，校以各本，加以整理，并从《永乐大典》和《宋会要辑稿》中各辑得逸文一条，附于书末。原书各条均无题，兹特为之试拟标目，置于卷前。

目　　录

卷一

神宗治河爱惜兵民

元丰间，或先公为右史，神考遣使治楚州新河，面戒之曰："东南不惯兴大役，卿且为朕爱惜兵民。"大哉王言，简而有体。

神宗不罪官吏疏忽

元丰六年冬祀，先公导驾，既进辇，辇中忘设衾褥，遽取未至。上觉之，乃指顾问他事。少选褥至，遂升辇。以故官吏无罪，圣度如此。

仁宗问改官人家世品行

舅氏胡宗尧，嘉祐初引见改官，举将十七员，仁宗问其家世，或奏枢密使胡宿之子，即有旨"更候一任回改官"。时又有因失入死罪连坐，于条合展举将员改次第等官，上宣谕未令改官，凡三引见，几十余年。大臣或以为言，上曰："此人曾杀朕百姓，不可改官。"

新 省 旧 省

三省俱在禁中，元丰间移尚书省于大内西，切近西角楼，人呼为"新省"。崇宁间，又移于大内西南，其地遂号"旧省"，以建左右班直。或云，旧省不利宰相，自创省至废，蔡确、王珪、吕公著、司马光、吕大防、刘挚、苏颂、章惇、曾布更九相，唯子容居位日浅，亦谪罢，余不以存没，或贬广南，或贬散官。

相 公 公 相

祖宗故事：宰相呼相公；节度使带开府仪同三司，元丰官制前带同中书门下平章事，亦呼相公，谓之使相；三公正真相之任，呼公相，尚书改令，厅为公相厅。蔡京首以太师为公相，其子攸自淮康军节度使除开府仪同三司，遂父呼公相，子呼相公。时传京父子入侍曲宴，上云："相公公相子。"京对云："人主主人翁。"际遇之盛如此。

宰 相 礼

宰相礼绝庶官，都堂自京官以上则坐，选人立白事；见于私第，虽选人亦坐，盖客礼也。唯两制以上点茶汤，入脚床子，寒月有火炉，暑月有扇，谓之"事事有"，庶官只点茶，谓之"事事无"。

茶 汤 俗

茶见于唐时，味苦而转甘，晚采者为茗。今世俗客至则啜茶，去则啜汤。汤取药材甘香者屑之，或温或凉，未有不用甘草者，此俗遍天下。先公使辽，辽人相见，其俗先点汤，后点茶。至饮会亦先水饮，然后品味以进。但欲与中国相反，本无义理。

早 朝 火 城

朝，辨色始入，前此集禁门外。宰执以下，皆用白纸糊烛灯一枚，长柄揭之马前，书官位于其上，欲识马所在也。朝时自四鼓，旧城诸门启关放入，都下人谓"四更时，朝马动，朝士至"者，以烛笼相围绕聚首，谓之火城。宰执最后至，至则火城灭烛。大臣自从官及亲王驸马，皆有位次，在皇城外仗舍，谓之待漏院，不与庶官同处。火城每位有翰林司官给酒果，以供朝臣，酒绝佳，果实皆不可咀嚼，欲其久存。

先公与蔡元度尝以寒月至待漏院，卒前白有羊肉酒，探腰间布囊，取一纸角，视之，麯也。问其故，云"恐寒冻难解，故怀之"。自是止令供清酒。

宗正寺敦宗院

本朝置大宗正寺治宗室，濮邸最亲，嗣王最贵，于属籍最尊，世世知大宗正事。自宗晟迄宗汉，皆安懿王子，兄弟相继，宗字行尽死，诸孙仲字行复嗣爵判宗正寺，人人谨厚练敏，宗子率从其教诲。崇宁初，分置敦宗院于三京，以居疏冗，选宗子之贤者莅治。院中或有尊行，治之者颇以为难。令郊初除南京敦宗院，入对，上问所以治宗子之略，对曰："长于臣者以国法治之，幼于臣者以家法治之。"上称善，进职而遣之。令郊既至，宗子率教，未尝扰人，京邑甚有赖焉。

神宗幸濮王旧第

嗣濮王宗晟，伯仲第十二，英庙亲兄也。元丰间，神考将诣睦亲宅浇奠近亲，嗣王欲邀车驾幸旧邸，会日逼不及造朝。故事：戚里近属，许献时新，即于东华门投进。时邸中无新果，求得丁香荔枝数百枚函之，附短奏云："来日乞诣安懿王影堂烧香。"进入，上果喜曰："十二自来晓事。"即降处分，暨至濮邸，望见祠貌，下辇去伞，洒泪而入。既已，延见近族，慰劳诸父，加恩各迁使相郡王。

嘉王頵不干廷议求医书

嘉王頵，裕陵亲弟也，好读书。元丰间，数上疏论政事，记室或谏之曰："大王为天子弟，无狗马声色之好，游心方册，固是盛德，而数干廷议，非所以安太后也。"王矍然亦悟。尔后惟求医书，与其僚讲汤液方论而已。朝廷果贤其好古，降诏褒谕。至今医家有《嘉王集方》。

宗室内臣及有官人应举

熙宁间，始命宗室应科举；大观间，内臣有赴殿试者；政和八年，帝子亦赴殿试。宗子及第，始于令铄；内臣及第，始于梁师成；亲王及第，始于嘉王楷。故事：有官人应举谓之锁厅，例不作廷魁。戊戌榜，嘉王第一人，登仕郎王昂第二人，颜天选第三人，上宣谕："嘉王楷有司考在第一，不欲以魁天下，以第二人为榜首。"锁厅人作廷魁，自王昂始。

富家赂宗室求婚

帝女号公主，婿为驸马都尉，近亲号郡主、县主，而婿俗呼郡马、县马，甚无义理。近世宗女既多，宗正立官媒数十人掌议婚，初不限阀阅。富家多赂宗室求婚，苟求一官，以庇门户，后相引为亲。京师富人如大桶张家，至有三十余县主。

宣　和　殿

宣和殿，燕殿也，中贵人官高者皆直宣和殿。始置学士命蔡攸，置直学士命蔡翛、蔡儵，置待制命蔡絛，后又置大学士命蔡攸，自盛章、王革、高佑皆相继为学士，班秩比延康殿学士为加优。凡外除则换延康，盖宣和职亲地近，非他比。己亥岁改保和殿。

五等爵徙封之制

本朝五等之爵，自公、侯、伯、子、男，皆带本郡县开国，至封国公者则称某国公。初封小国，次移大国，以为恩数。亦有久不徙封者。文彦博初封潞国公，三十年不徙封。王安石初封舒国公，后徙荆国，既死，追封舒王，凡二国。蔡京初封嘉国，徙卫国、楚国、鲁国，凡四国,复加陈、鲁二国,公辞不拜。何执中初封荣国公,五年不徙封,薨于位,追封清源郡王,此仅事也。元祐初,司马光封温国公,议者以其刚厉,宜济之以温,东坡行麻词,亦云"封国于温,用旌直德"。崇宁初,曾布自相府以赇贬授廉州司户参军,议者以其贪墨,故箴之以廉,执笔者果有意乎?

大臣左迁及除在京宫观

自元符、绍圣以前,大臣罕有除在京宫观者。两府召还为宫使侍读,甚稀阔。从官左迁,重者外移,轻者易职事。时有八座改枢密承旨、独座改工部侍郎,皆不美也。王震自吏部尚书移知开封府,又除枢密都承旨,王尝语先公曰:"震所谓齐一变至于鲁,鲁一变复至于齐者也。"政和间,近臣罢执政官,即授提举在京宫观,既体貌之,而名实相副。以罪去者,固自有法。

寄禄官服色佩鱼之制

典制:寄禄官三品紫衣金鱼,五品绯衣银鱼;职事官虽高,非特赐不得预,虽特赐而寄禄未至本品,则带赐鱼在衔内,寄禄官已至本品则不入衔;外任官或借衣色者不佩鱼,衔内称借色,有赐色者仍称赐色,转运使副、提点刑狱、知州军并借紫,本衣绿者止借绯,转运判官、通判州军并借绯。自崇宁初增置提举官不一,惟学事与常平借绯,余衣本色。其合借衣色者,敕上云"候回日依旧服色",自朝辞出国门,则衣借色,回入国门,则衣本色。近制借色仍佩鱼。吕公著曾任知州,借紫,后除转运判官,敕上不带借紫,公著仍衣紫。马馀庆知彭州,借紫,替回赴部,方理通判资序,惧失借色,不肯受本等官,请宫祠归,仍衣紫。凡敕上不带借衣者,自不合著。

左迁官不追勋赐

典制：左降官不追勋赐，虽贬窜，遇恩复官，即依旧勋赐。政和间，方省勋，舒亶在元丰时被擢用，由台州临海县尉改官，骤迁两制，赐金紫，未经郊礼，不得勋。后坐事除名，更沛叙初授官，仍复前台州临海县尉，赐紫金鱼袋。邹浩建中靖国中除通直郎、中书舍人，赐金紫，未经郊礼，不得勋。后贬新州，丙戌赦除党籍，以得罪轻重叙官，或得郡宫祠，或未有差遣，邹降三官叙，乃复承奉郎，赐紫金鱼袋，无差。凡降官与职，并称降授，责散官并称责授，散官如节度副使、团练副使，虽号武官，皆依旧物。顷见元祐臣僚责授副使者，两制已上仍衣紫，从官以下元衣绿者仍衣绿，唯责授长史、别驾已下者，不以旧官高卑并衣绿。故宰相贬岭南司户参军，衣绿。东坡初责惠州团练副使，再贬儋耳，授琼州别驾。元符末首复朝奉郎、提举玉局观。得报便北归，至广州犹未受告，会先公至，东坡先折简与公曰："头间生疡妨巾裹，欲着帽相见。"盖不欲青衣耳。坡于外物宜不能动，惜其犹以此介胸中。

节度使除镇次第

故事：节度使初除小镇，次中镇，后大镇。绍圣间，见吕吉甫建节，初除保宁军婺州，移武昌军鄂州，移镇南军洪州，其序如此。崇宁间，蔡元长自司空左揆建节，初除安远军节度使安州，亦小镇。政和以来，帝子繁衍，宗室、近戚、大臣、中贵、边将加恩者众，诸路节镇除祖宗潜藩外，止六十余处，几无虚位。薛昂罢执政，初除彰信军节度使相州，中镇也。蔡攸自宣和殿大学士初除淮康军节度使蔡州，大镇也。岂是时小镇适无阙员乎？刺史、防御、团练使正任则本州系衔，与知州叙官，每州止一员，不除则阙。任他官兼领防御、刺史者谓之遥郡，本州不系衔，往往取美名，如康、荣、雄、吉诸州，一州或有数员，大率边将多带雄州，戚里多带荣州，医官多带康州。

员郎致仕得任子之弊

著令：朝奉郎至朝请郎致仕，则得任子。疾困及暴卒者，往往旋求致仕，至有匿哀或诈为日前文书，冒法狼狈。大观初，吏部尚书张克恭建言员郎亡即与推恩，遂革此风。

州县选人般家人雇钱

州县选人，有般家人二名，日给雇钱人二百，往往远指程驿，务多得雇钱。于法须沿路官司批券为验，盖防诈伪，然无不伪为者。余以为不若以官资定钱数给之，听其自便，既免欺诞，且省刑宪，当路者殊不论此。

百官出行禁用大扇

在京百官席帽，宰执皇亲用伞，呼为重盖。旧日两制以下至寺监官出入，马后拥大圆扇，用以遮日色。绍圣间，上在角楼望见庶官马后有大扇，因问其名，内侍误云是掌扇，上云："掌扇非人臣宜用。"遂禁止之。

庶官得用柱拂子

政和间，有提举学事官上殿札子，论庶官或用玉斧，同于斧扆之义，乞革去。勘合得乃是人间所用柱拂子，或名柱斧，以水晶或铜铁为之，制度无僭。言者坐所论不实罢，遂不果禁止。

狨　　座

狨座，文臣两制、武臣节度使以上许用，每岁九月乘，至三月彻，无定日，视宰相乘则皆乘，彻亦如之。猱似大猴，生川中，其脊毛最长，色如黄金，取而缝之，数十片成一座，价直钱百千。背用紫绮，缘以簇四金雕法锦，其制度无殊别。政和中，有久次卿监者，以必迁两制，预置猱座，得躁进之目，坐此斥罢。或云，猱毛以藉衣不皱。先公使辽时，已作两制，乘猱座；副使武臣，乘紫丝座。故事：使虽非两制，亦乘猱座张伞，金带金鱼，重将命也。大观中，国信以礼部尚书郑允中充使，奉宁军节度使童贯充副使，遂俱乘猱座。

吕嘉问得善终

吕嘉问自熙宁中跻要显，遍历名藩。绍圣末，以杂学士守成都，被诬构，遂不可辨。狱成，大理寺定断赃罪绞。典制：官吏赃罪笞，已为终身之累。吕以贵品得议，责散官安置。适皇上登极，大沛复官，频更赦令，渐复职，竟符旧物，领宫祠二十年，前后磨勘及八宝特恩转寄禄官，以正议大夫八十余岁病卒。复以先朝旧臣，高资久次，特赠资政殿学士，视执政官。

吕吉甫处大患难

吕吉甫在熙宁时用事，多所建明。元祐初被罪，异意者欲诛之，贬福州，甚危。绍圣复先政，章惇忌其才，以为延安帅，虽除观文殿学士，建节钺，终不得近京师。在延安六七年，戎人围城六日，城中无备，吉甫设方略，仅能解围。元符末，乃得知杭州，颇优游。会子渊交狂人，事连吉甫，追捕至国门，贬鄂州。数年复官。平生患难，如此者最大，然有以处之，非所病也。

章惇王安礼气傲

章惇性豪恣，忽略士大夫。绍圣间作相，翰林学士承旨蔡京谒惇，惇道衣见之。蔡上言状，乃立宰相见从官法。王安礼尚气不下人，绍圣初起废，帅太原，过阙许见。时枢府虚位，安礼锐意，士亦属望。将至京师，答诸公远迎书，自两制而下皆折角一匾封，语傲礼简。或于上前言其素行，既对，促赴新任，怏怏数月而死。

曾 布 之 败

曾布当轴，唯自营，于国事殊无可否。季父出其门，因以书切责之，其间有云："如某事邹浩能言之，相公不言也！"布大沮，竟以此败。

朱服与苏辙不相好

先公在元祐背驰，与苏辙尤不相好。公知庐州，辙门人吴俦为州学教授，论公延乡人方素于学舍，讲三经义，辙为内应，公坐降知寿州。后在广州，与东坡邂逅，各出诗文相示。既得罪，范致虚行责词云："谄交轼、辙，密与唱和；媚附安、李，阴求进迁。"或以辙事语范，范曰："吾固知之，但不欲偏枯却属对。"范学于先公，或疑其背师，盖国事也，范操行非希指下石者。

吕惠卿苏轼责词

元祐初，吕惠卿责建州，苏轼行词有云："尚宽两观之诛，薄示三危之窜。"其时士论甚骇。闻绍圣初苏轼再责昌化军，林希行词云："赦尔万死，窜之遐陬。虽轼辩足以惑众，文足以饰非，自绝君亲，又将谁懟？"或谓其已甚，林曰："聊报东门之役。"

钱遹急攻曾布不恤己子之死

钱遹德循为侍御史，元符末，攻曾布，章数上，正急。会其子病，明日将对，夜艾子死，德循即跨马入朝，不复内顾，既归，然后举哀。朝廷颇知之。布败，德循遂除中丞，训词有云："方蹇蹇以匡躬，子呱呱而弗恤。"未几，德循转工部尚书，失言路，其僚颇攻击，竟论匿哀之事，德循由是得罪，责词数其躁进，至云"匿哀请对，亵渎轩墀。"德循投闲久之，领宫祠而终。

舒亶惨酷深文

舒亶为临海尉，弓手醉呼于庭，舒笞之，不受，乃加大杖；益厉声愿杖脊，舒叱吏决脊；又大呼"尔不敢斩我"，舒即起刃断其头。被劾，案上，朝廷方求人材，颇壮之，令都省审察。舒状貌甚伟，博学有口辩，王荆公一见大喜，荐对称旨，骤擢，未几至御史中丞，弹击不少恕。宰相王珪自京尹执政，曾携官浴桶入东府，舒文致以为之罪。后舒败坐狱，以用台中官烛于私室计赃，神考薄其罪，因言："亶岂盗此？"或对云："舒亶不爱蜡烛，王珪岂爱木桶！"乃抵罪除名勒停。居乡里，甚贫，聚徒教授，资束脯以营伏腊，凡十八年。中间元祐政出帷箔，务姑息，置诉理所，湔涤先朝尝得罪者。群小竞自辨，不逞之人，至于指斥熙、丰滥刑，以迎合国政。舒独无一言辨雪，坐此久废。绍圣复辟，稍还舒官，又为群怨所沮。庚辰龙飞，始得军垒，会荆蛮作过，乃移南郡帅、除待制，未受而卒。

太平宰相项安节

慈圣光献皇后尝梦神人语云："太平宰相项安节。"神宗密求诸朝臣，及遍询吏部，无有是姓名者。久之，吴充为上相，瘰疬生颈间，百药不瘥。一日立朝，项上肿如拳，后见之告上曰："此真项安疖也。"蒋之奇既贵，项上大赘，每忌人视之。为六路大漕，至金山寺。僧了元，滑稽人也，与蒋相善，一日见蒋，手扪其赘，蒋心恶之，了元徐曰："冲卿在前，颖叔在后。"蒋即大喜。

官物不可妄得

故事：宰相薨，驾幸浇奠，褰帷视尸，则所陈尚方金器尽赐其家，不举帷则收去。宰相吴充，元丰间薨于私第，上幸焉，夫人李氏徒跣下堂，叩头曰："吴充贫，二子官六品，乞依两制例持丧，仍支俸。"诏许之。然仓卒白事，不及褰帷。驾兴，诸司敛器皿而去，计其所直，与二子特支俸颇相当，因谓官物有定分，不可妄得如此。

爵禄不可计取

京畿士人王庭鲤，尝与边将作门客，得军功，补军将，因诣阙论父祖文臣，及身尝应进士举，乞换文资。当路颇有主之者，得上达。王默念自军将累劳数十年方转使臣，改文资即可权注州县差遣，大喜。洎告下，乃得石州摄助教，不理选限，终身不厘务。大凡爵禄，岂可以计取哉？

朱服为贵妃奉册官未得支赐

先公素贫，元丰间，久于右史，奉亲甘旨不足，求外补。神考知之，将册贵妃，故事，两制奉册，执政读册，乃蹦用先公为奉册官，门下侍郎章惇为读册官。中贵冯宗道密谓公言："上知公贫，此盛礼也，必有厚赐。"既事，检会无册妃支赐例，止赐酒食而已。

何执中尽得宫帏庆事赐

近岁帝子蕃衍，宫闱每有庆事，赐大臣包子银绢各数千匹两。虽师垣尊宠冠廷臣，然自辛巳、乙酉、己丑三次，亦有不预赐者。唯何执中以藩邸旧恩，由承辖为宰相，首尾未尝去位，不问其他锡赉，皇子帝姬六十七人，包子无遗之者，家资高于诸公。天性节俭，未尝妄费一钱,为三公,奉养如平时。

奉敕陋

余表伯父袁应中,博学有时名,以貌寝,诸公莫敢荐。绍圣间,蔡元度引之,乃得对。袁鸢肩,上短下陋,又广颡尖颔,面多黑子,望之如洒墨,声嘎而吴音。哲宗一见,连称大陋,袁错愕不得陈述而退,搢绅目为"奉敕陋"。

奇俊王家郎

朝士王迥,美姿容,有才思。少年时不甚持重,间为狎邪辈所诬,播入乐府,今《六幺》所歌"奇俊王家郎"者,乃迥也。元丰中,蔡持正举之可任监司,神宗忽云:"此乃'奇俊王家郎'乎?"持正叩头谢罪。

京师士人奔竞之风

近制:中外库务、刑狱官、监司、守令、学官,假日许见客及出谒,在京台谏、侍从官以上,假日许受谒,不许出谒,谓之"谒禁"。士大夫以造请为勤,每遇休沐日,赍刺自旦至暮,遍走贵人门下。京局多私居,远近不一,极日力只能至数十处,往往计会阍者纳名刺上见客簿,未敢必见也。阍者得之,或弃去,或遗忘上簿,欲人相逢迎;权要之门,则求赂,若稍不俯仰,便能窘人。兴国贾公衮自京师归,余问物价贵贱,贾曰:"百物踊贵,只一味士大夫贱。"盖指奔竞者。尝闻蔡元长因阅门下见客簿,有一朝士,每日皆第一名到,如此累月。元长异之,召与语,可听,遂荐用至大官。太医学颜天选第三人及第,欲谒元长,未得见,乃随职事官入道史院。元长方对客,将命者觉其非本局官,揖退之,天选不肯出,吏稍掖之,天选抱柱而呼曰:"颜天选见太师!"与吏相持,帻忽堕地,元长命引至前,语之曰:"公少年高科,乃不自爱惜! 道史与国史同例,奈何阑入此耶!"天选整帻而出,吏执送开封府鞫罪，特旨除名，送宿州编管，自此士风稍革。

太学生趁路茶会探乡里消息

太学生每路有茶会，轮日于讲堂集茶，无不毕至者，因以询问乡里消息。

宰执子弟多占科名

祖宗时进士殿试，诗、赋、论三题用亲札。熙宁三年，殿试用策，仍誊录，盖糊名之法，以示至公，当防弊于微也。近岁宰执子弟，多占科名。章惇作相，子持、孙佃甲科；许将任门下侍郎，子份甲科；薛昂任尚书左丞，子尚友甲科；郑居中作相，子亿年甲科。或疑糊名之法稍疏，非也。廷试策问朝廷近事，远方士人未能知，宰执子弟，素熟议论，所以辄中尔。

蔡景蕃名位绵长

蔡景蕃与晏元献，俱五六岁以神童侍仁宗于东宫。元献自幼耿介，蔡最柔媚，每太子过门阈，蔡伏地令太子履其背而登。既践阼，元献被知遇，至宰相。蔡竟不大用，以旧恩常领郡，颇不循法令，或被劾取旨，上识其姓名，必曰："藩邸旧臣，且令转官。"凡更四朝，元符初致仕，已八十岁矣。监司荐之，乞落致仕与宫祠，其辞略云："蔡某年八十岁，食禄七十五年。"余谓人生名位固可得，罕得绵长如此者。

饶州神童殿试中第

政和壬辰榜唱名，有饶州神童赴殿试中第，才十数岁，又侏儒，既释褐，卫士抱之，于幕上作傀儡戏，中贵人大笑。次日特奏名人唱第，皆引近殿陛，恣其所陈，有自诉病者，出尚药珍剂赐之。

饶州杜神童释褐智答士大夫问

饶州杜神童释褐,父携之谢政府,才八九岁,客次中士大夫皆孩之,或戏云:"来学政事文字否?"答曰:"非也,待告相公,求一堂除差遣。"言者大惭。

七十老生特奏名试卷

元丰间,特奏名陛试,有老生七十许岁,于试卷内书云:"臣老矣,不能为文也,伏愿陛下万岁万万岁。"既闻,上嘉其诚,特给初品官,食俸终其身。

禁中语忌无理郑侠图谏犯忌

禁中应奉者多避语忌。大观中,主文柄者专务奉上,于是程文有疑似之禁,虽无明文,犯必黜落,举子靡然成风。如"大哉尧之为君"、"君哉舜也",皆以与灾字同音,并不用;"反者道之动",易反为复,"九变而赏罚可信",易变为更,此类不一。能文者执笔不敢下,恰夫善逢迎,往往在高第。政和初,言者论之,降诏宣谕:"虽暗于大体者,或以为忠,然爱君果在兹乎!"尝侍先公,闻说元丰时岁歉,流民过国门,闽人郑侠监新城门,图其状以谏。既不可上达,乃作边檄,夜传入禁中。适永乐失律,上常西顾,檄至无敢遏,方秉烛启封,见图画饥民饿殍无数,穷愁寒态不一,罔测何事,良久始知侠所上谏书也。翌日降旨,投侠广南。不识忌讳,又有如此者。

姚祐出误题

姚祐元符初为杭州学教授,堂试诸生,《易》题出《乾为金坤亦为金何也》。先是,福建书籍,刊板舛错,"坤为釜"遗二点,故姚误读作金。诸生疑之，因上请，姚复为臆说，而诸生或以诚告，姚取官本视之，果"釜"也，大惭，曰："祐买著福建本！"升堂自罚一直，其不护短如此。

吕吉甫议举烛

先公尝言，昔在修撰经义局，与诸子聚首，介甫见举烛因言："佛书有日月灯光明佛，灯光岂足以配日月？"吉甫曰："日煜昼，月煜夜，灯煜昼夜，日月所不及，其用无差别。"介甫大以为然。吉甫所言中理，历历可记类如此。

杜诗刻本舛谬

杜甫诗虽屡经校正，然有从来舛谬相袭者，后人钦其名，更不究义理，如"己公茅屋"诗一联云："江莲摇白羽，天棘梦青丝。"二语是何情理？摇对梦，轻重不称，读者未闻商榷，亦好古之癖也。余窃谓当作"蔓青丝"，此类亦多，未可遍举。

东坡梦作裙带诗

东坡自云：尝梦至帝所，见侍女月娥仙，为作裙带诗，其词曰："百叠漪漪水皱，六铢缬缬云轻。植立广寒深殿，风来环佩微声。"

瑟二调歌

子瞻曾为先公言："书传间出叠字，皆作二小画于其下。乐府有《瑟二调歌》，平时读作'瑟瑟'，后到海南，见一黥卒，自云元系教坊瑟二部头，方知当作'瑟二'，非'瑟瑟'也。"子瞻好学，弥老不衰，类皆如此。余尝访教坊瑟二事，云每色以二人，如笛二、筝二，总谓之"色二"，不作"瑟"字，不知果如何。

以名讳妄改姓氏多失其旨

姓氏之学，近世不复讲，以名讳改者，多失其旨。钱镠据吴越，改刘为金，姓谱自有金氏，后世不知其源者，金与刘通婚姻。本朝改殷为商或汤，改敬为文或苟，一姓分为二，后世可通婚姻乎？又不协旧音，如“文苟”为敬，太觉疏脱，盖一时任其自改，所以失之。近制改匡为康，天为轩，以声音相近为例，且从上令也。政和间有营卒天安，差隶陈彦以闻，乃诏改之。勘会到天安父尚在，未闻此姓所出，岂异种乎？氏族之学久废，小人或妄改，或相传舛缪至于此，亦不可不知也。

施结好蓄古今人押字

施结大夫，更鄱阳、兴国、庐陵郡守，性好蓄古今人押字。押字自唐以来方有之，盖亦署名之类，但草书不甚谨，故或谓之草字。韦陟署名五朵云，此押字所起也，其后不复与名相类，而阴阳家又生吉凶之论。施所蓄甚多，如唐末藩镇所署，极有奇怪者，跋扈之徒，事事放恣。本朝前辈虽官尊，尤谨小，可以此观人度量。施尽以刻石，每移徙，用数人负之而行，其癖如此。光州马大夫知彭州还乡，凡私居文书，纸尾皆署“使”字押号。溧州牧孙伟，尝言见太师府揭示，承令寺监官两员以上许见宰相，纸尾署“官”字，公相押号。

偶　得　巧　对

吴处厚善属辞，知汉阳军，每谓鹦鹉洲沔、鄂佳处，欲赋诗未就。一日视事，纲吏来告覆舟，吴问所在，吏曰：“在鸬鹚堰。”吴拊案连唱大奇，徐曰：“吾一年为鹦鹉洲寻一对未得，天庇汝也。”因得末减。王梅运勾，骨立有风味，朋从目之为风流骸骨。崇宁癸未，余在金陵府集，见官妓中有极瘦者，府尹朱世英语余曰：“亦识生色髑髅否？”余欣然为王得对。

异 事 巧 对

元丰间，御史中丞舒亶以罪除名勒停，及傲客舟东归，时有诏召僧慈本住慧林，许驰驿，轻薄者以"中丞赁航船出京，和尚乘递马赴阙"为对，以见异事。

谬 对 得 罪

大观间，翰苑进春帖子，有一学士撰词云："神祇祖考安乐之，草木鸟兽裕如也。"以鸟兽对祖考，非所宜，竟以是得罪。

蔡确朱服诗被诬注

蔡持正自左揆责知安州，尝作《安陆十诗》，吴处厚捃摭笺注，蔡坐此贬新州。其诗有云："睡起茫然成独笑，数声渔笛在沧浪。"处厚注云："未知蔡确此时独笑何事。"先公帅广，崇宁元年正月游蒲涧，因越俗也。见游人簪凤尾花，作口号，中一联云："孤臣正泣龙须草，游子空簪凤尾花。"盖以被遇先朝，自伤流落。后监司互论，乃指此句以为罪，其诬注云："契勘正月十二日，哲宗皇帝已大祥，岂是孤臣正泣之时！"鞫狱竟无他意，谗口可畏如此。

荆州掾题异花诗被谮

宣和初，荆州掾见僧房有异花不知名，僧云："花气酷烈不可近。"掾因题诗云："山花红与绿，日暮颜色足。无名我不识，有毒君莫触。"后有人谮掾于苏漕，指此诗曰："湖南漕宪俱衣绯，余皆衣绿，无衣紫者。苏漕最老，又独无出身，数发摘官吏，故掾托意山花，实以嘲漕。"苏大怒，竟捃摭掾。

王安石谢公墩诗

王介甫居金陵，作《谢公墩》诗云："我名公字偶相同，我屋公墩在眼中，公去我来墩属我，不应墩姓尚随公。"盖晋谢安故地也，谢字安石，介甫名安石。

苏公堤孟家蝉语谶

苏子瞻责黄州，居州之东坡，作雪堂，自号"东坡居士"，后人遂目子瞻为东坡，其地今属佛庙。子瞻元祐中知杭州，筑大堤西湖上，人呼为苏公堤，属吏刻石榜名。世俗以富贵相高，以堤音低，颇为语忌。未几，子瞻迁责。时孟氏作后，京师衣饰，画作双蝉，目为孟家蝉，识者谓蝉有禅意，久之后竟废。

元丰后佛僧盛衰

元丰间诏僧慈本住慧林禅院，召见赐茶，以为荣遇。先公侍上，见宣谕慈本云："京师繁盛，细民逐末，朕要卿来，劝人作善。"别无他语。建中靖国元年，召诣禁中，赐十字师号及御制《僧惟白续灯录叙》。释徒尤以为盛事。其后赐僧楷四字禅师号，楷固不受以钓名，推避之际颇不恭，朝廷正其罪，投之远方，无他异，术穷情露，教遂不振。又狂逆不道，伐冢诱略，多出浮屠中，宣和初乃诏正其教，改僧为德士，复姓氏，完发肤，正冠裳，尽革其故俗云。

乖角雕当

都下市井辈，谓不循理者为"乖角"，又谓作事无据者为"没雕当"。入声。丧仪间摺蔓，以一竿揭之，名"乖角"；卫士顺天幞头有一脚下垂者，其侪呼为"雕当"，不知名义所起，记之以俟识者。

买妾价贵捉婿费多

京师买妾，每五千钱名一个，美者售钱三五十个。近岁贵人，务以声色为得意，妾价腾贵至五千缗，不复论个数。既成券，父母亲属又诛求，谓之"遍手钱"。本朝贵人家选婿，于科场年，择过省士人，不问阴阳吉凶及其家世，谓之"榜下捉婿"。亦有缗钱，谓之"系捉钱"，盖与婿为京索之费。近岁富商庸俗与厚藏者嫁女，亦于榜下捉婿，厚捉钱以饵士人，使之俯就，一婿至千余缗。既成婚，其家亦索遍手钱，往往计较装橐，要约束缚如诉牒，如此用心何哉？

卷二

广泉明杭州皆设市舶司

广州市舶司旧制：帅臣漕使领提举市舶事，祖宗时谓之市舶使。福建路泉州，两浙路明州、杭州，皆傍海，亦有市舶司。崇宁初，三路各置提举市舶官，三方唯广最盛，官吏或侵渔，则商人就易处，故三方亦迭盛衰。朝廷尝并泉州舶船令就广，商人或不便之。

广州市舶司泊货抽解官市法

广州自小海至㴞洲七百里，㴞洲有望舶巡检司，谓之一望，稍北又有第二、第三望，过㴞洲则沧溟矣。商船去时，至㴞洲少需以诀，然后解去，谓之"放洋"。还至㴞洲，则相庆贺，寨兵有酒肉之馈，并防护赴广州。既至，泊船市舶亭下，五洲巡检司差兵监视，谓之"编栏"。凡舶至，帅漕与市舶监官莅阅其货而征之，谓之"抽解"，以十分为率，真珠龙脑凡细色抽一分，玳瑁苏木凡粗色抽三分，抽外官市各有差，然后商人得为己物。象牙重及三十斤并乳香，抽外尽官市，盖榷货也。商人有象牙稍大者，必截为三斤以下，规免官市。凡官市价微，又准他货与之，多折阅，故商人病之。舶至未经抽解，敢私取物货者，虽一毫皆没其余货，科罪有差，故商人莫敢犯。

舶船蓄水就风法

广州市舶亭枕水有海山楼，正对五洲，其下谓之小海，中流方丈余，舶船取其水，贮以过海，则不坏。逾此丈许取者并汲井水，皆不可贮，久则生虫，不知此何理也。舶船去以十一月、十二月，就北风，来以五月、六月，就南风。船方正若一木斛，非风不能动。其樯植定而帆侧挂，以一头就樯柱如门扇，帆席谓之"加突"，方言也。海中不唯使顺风，开岸就岸风皆可使，唯风逆则倒退尔，谓之使三面风，逆风尚可用矴石不行。广帅以五月祈风于丰隆神。

舶船航海法

甲令：海舶大者数百人，小者百余人，以巨商为纲首、副纲首、杂事，市舶司给朱记，许用笞治其徒，有死亡者籍其财。商人言船大人众则敢往，海外多盗贼，且掠非诣其国者，如诣占城，或失路误入真腊，则尽没其舶货，缚北人卖之，云："尔本不来此间。"外国虽无商税，而诛求，谓之献送，不论货物多寡，一例责之，故不利小舶也。舶船深阔各数十丈，商人分占贮货，人得数尺许，下以贮物，夜卧其上。货多陶器，大小相套，无少隙地。海中不畏风涛，唯惧靠阁，谓之"凑浅"，则不复可脱。船忽发漏，既不可入治，令鬼奴持刀絮自外补之，鬼奴善游，入水不瞑。舟师识地理，夜则观星，昼则观日，阴晦观指南针，或以十丈绳钩，取海底泥嗅之，便知所至。海中无雨，凡有雨则近山矣。商人言舶船遇无风时，海水如鉴。舟人捕鱼，用大钩如臂，缚一鸡鹜为饵，使大鱼吞之，随其行半日方困，稍近之，又半日，方可取，忽遇风，则弃。或取得大鱼不可食，剖腹求所吞小鱼可食，一腹不下数十枚，枚数十斤。海大鱼每随舶上下，凡投物无不唼。舟人病者忌死于舟中，往往气未绝便卷以重席，投水中，欲其遽沉，用数瓦罐贮水缚席间，才投入，群鱼并席吞去，竟不少沉。有锯鲨长百十丈，鼻骨如锯，遇舶船，横截断之如拉朽尔。舶行海中，忽远视枯木山积，舟师疑此处旧无山，则蛟龙也，乃断发取鱼鳞骨同焚，稍稍没水中。凡此皆危急，多不得脱。商人重番僧，云度海危难祷之，则见于空中，无不获济，至广州饭僧设供，谓之"罗汉斋"。

住 蕃 住 唐

北人过海外，是岁不还者，谓之"住蕃"；诸国人至广州，是岁不归者，谓之"住唐"。广人举债总一倍，约舶过回偿，住蕃虽十年不归，息亦不增。富者乘时畜缯帛陶货，加其直与求债者，计息何啻倍蓰。广州官司受理，有利债负，亦市舶使专敕，欲其流通也。

蕃 坊 蕃 商

广州蕃坊，海外诸国人聚居，置蕃长一人，管勾蕃坊公事，专切招邀蕃商入贡，用蕃官为之，巾袍履笏如华人。蕃人有罪，诣广州鞫实，送蕃坊行遣。缚之木梯上，以藤杖挞之，自踵至顶，每藤杖三下折大杖一下。盖蕃人不衣裈裤，喜地坐，以杖臀为苦，反不畏杖脊。徒以上罪则广州决断。蕃人衣装与华异，饮食与华同。或云其先波巡尝事瞿昙氏，受戒勿食猪肉，至今蕃人但不食猪肉而已。又曰汝必欲食，当自杀自食，意谓使其割己肉自啖，至今蕃人非手刃六畜则不食，若鱼鳖则不问生死皆食。其人手指皆带宝石，嵌以金锡，视其贫富，谓之指环子，交阯人尤重之，一环直百金，最上者号猫儿眼睛，乃玉石也，光焰动灼，正如活者，究之无他异，不知佩袭之意如何。有摩娑石者，辟药虫毒，以为指环，遇毒则吮之立愈，此固可以卫生。

三 佛 齐

海南诸国，各有酋长，三佛齐最号大国，有文书，善算。商人云，日月蚀亦能预知其时，但华人不晓其书尔。地多檀香、乳香，以为华货。三佛齐舶赍乳香至中国，所在市舶司以香系榷货，抽分之外，尽官市。近岁三佛齐国亦榷檀香，令商就其国主售之，直增数倍，蕃民莫敢私鬻，其政亦有术也。是国正在海南，西至大食尚远，华人诣大食，至三佛齐修船，转易货物，远贾辐凑，故号最盛。

鬼　奴

广中富人,多畜鬼奴,绝有力,可负数百斤。言语嗜欲不通,性淳不逃徙,亦谓之野人。色黑如墨,唇红齿白,发卷而黄,有牝牡,生海外诸山中。食生物,采得时与火食饲之,累日洞泄,谓之换肠。缘此或病死,若不死,即可蓄。久蓄能晓人言,而自不能言。有一种近海野人,入水眼不眨,谓之昆仑奴。

广俗妇人强男子弱

广州杂俗,妇人强,男子弱。妇人十八九,戴乌丝髻,衣皂半臂,谓之"游街背子"。

广中呼蕃妇为菩萨蛮

乐府有"菩萨蛮",不知何物,在广中见呼蕃妇为"菩萨蛮",因识之。

蕃　坊　象　棋

广州蕃坊,见蕃人赌象棋,并无车马之制,只以象牙、犀角、沈檀香数块,于棋局上两两相移,亦自有节度胜败。予以戏事,未尝问也。

孔雀明王经孔雀真言

余在广州,尝因犒设,蕃人大集府中。蕃长引一三佛齐人来,云善诵《孔雀明王经》。余思佛书所谓《真言》者,殊不可晓,意其传讹,喜得为证,因令诵之。其人以两手向背,倚柱而呼,声正如瓶中倾沸汤,更无一声似世传《孔雀真言》者。余曰其书已经重译,宜其不同,但流俗以此书荐亡者,不知中国鬼神如何晓会。

菠 萝 蜜

南海庙前有大树,生子如冬瓜,熟时解之,其房如芭蕉,土人呼为波罗蜜,渍之可食。

羊食钟乳间水成乳羊

英州碧落洞生钟乳,牧羊者多往焉。或云羊食钟乳间水,有全体如乳白者,其肉大补羸,谓之乳羊。活时了不能识,刲之然后见,极难得,或一岁得一二枚,郡守即献广帅、监司。

神 雀

汉以神雀改元,书传不言其状。广南人说神雀,或红或白,一群必备五色,飞集极高树,自十丈以下,皆不肯栖,食露吸风,网罟不能及。余在曹溪寺屡见之,忽来倏去,啁哳似雀噪,色鲜明,询诸彼人,自来未尝有捕得者。

倒 挂 雀

海南诸国有倒挂雀,尾羽备五色,状似鹦鹉,形小如雀,夜则倒悬其身。畜之者食以蜜渍粟米、甘蔗。不耐寒,至中州辄以寒死;寻常误食其粪,亦死。元符中,始有携至都城者,一雀售钱五十万,东坡《梅》词云:"倒挂绿毛幺凤。"盖此鸟也。

白 鹦 鹉

余在广州,购得白鹦鹉,译者盛称其能言。试听之,能蕃语耳,啁唽正似鸟声，可惜枉费教习，一笑而还之。

龟　筒

南方大龟，长二三尺，介厚而白，造玳瑁器者用以补衬，名曰龟筒。方谚曰："龟筒夹玳瑁，鬼神不晓会。"初时民间无用，不可售，后缘官市，价踊贵。先公帅广，内侍省牒广州市龟筒数百斤，公不报。僚吏以为言，公曰："吾专行之，勿累尔矣。"卒不与市，民赖以不扰。

小 龙 祠 五 蛇

广右英州清远峡小龙祠，余尝谒之，数间屋当溪山奇绝处。龙乃五蛇：其色一如生金，王也；一如红锦，妃也；一青一绿，判官也；一黄，走吏也；又有小者如王色，太子也。蟠曲一漆合中，发视之，或见或隐，甚神异。其状比常蛇细颈而长，横目广颡，不畏人，色皆鲜明，胜于丹青，祀之则出据香炉上，火不能爇，或食所祀酒茗。

南 北 食 异

闽、浙人食蛙，湖湘人食蛤蚧，大蛙也。中州人每笑东南人食蛙，有宗子任浙官，取蛙两股脯之，绐其族人为鹑腊，既食然后告之，由是东南谤少息。或云蛙变为黄鹌。广南食蛇，市中鬻蛇羹，东坡妾朝云随谪惠州，尝遣老兵买食之，意谓海鲜，问其名，乃蛇也，哇之，病数月，竟死。琼管夷人食动物，凡蝇蚋草虫蚯蚓尽捕之，入截竹中炊熟，破竹而食。顷年在广州，蕃坊献食，多用糖蜜脑麝，有鱼虽甘旨，而腥臭自若也，唯烧笋菹一味可食。先公使辽日，供乳粥一碗甚珍，但沃以生油，不可入口。谕之使去油，不听，因给令以他器贮油，使自酌用之，乃许，自后遂得淡粥。大率南食多盐，北食多酸，四夷及村落人食甘，中州及城市人食淡，五味中唯苦不可食。

王士良冥府得治疫疠方

广州医助教王士良，元祐元年死，三日而苏。自言被追至冥府，有衣浅绛衣如仙官者据殿，引问士良尝为人行药杀妻，士良不服。有吏唱言"是熙宁四年始"，即取籍阅，良久云"并无"。仙官拊案曰："本是黄州，误做广州。"令放士良还。既出，又令引至庑下，有揭示云："明年广南疫，宜用此药方。"士良读之，乃《博济方》中钩藤散也，本方治疫。士良读之，乃窃询左右："此何所也？"或言太司真人，治天下医工。时蔡元度守五羊，闻之，召士良审问，令幕客作记。及春，疫疠大作，以钩藤散治之，辄愈。士良又云："幼习医，至熙宁四年方用药治病，冥冥中已记录，可不慎哉！"

蕃坊人娶宗女

元祐间，广州蕃坊刘姓人娶宗女，官至左班殿直。刘死，宗女无子，其家争分财产，遣人挝登闻院鼓。朝廷方悟宗女嫁夷部，因禁止，三代须一代有官，乃得取宗女。

邹浩因泰陵遗诏得全

邹浩志完，以言事得罪贬新州，媒孽者久犹不已。元符二年冬，有旨付广东提刑钟正甫就新州鞫问志完事，不下司。是时钟挈家在广州观上元灯，得旨即行。漕帅方宴集，怪其不至，而已乘传出关矣，众愕然。钟驰至新，召志完，拘之浴室。适泰陵遗诏至，钟号泣启封；志完居暗室，不自意得全，又闻使者哭泣，罔测其事，意甚陨获。良久，钟遣介传语，止言为国恤不及献茶，且请归宅。志完亦泣而出。其后东坡闻之，戏云："此茶不烦见示。"

东 坡 处 忧 患

东坡元丰间知湖州，言者以其诽谤时政，必致死地，御史台遣就任摄之，吏部差朝士皇甫朝光管押。东坡方视事，数吏直入上厅事，捽其袂曰："御史中丞召。"东坡错愕而起，即步出郡署门，家人号泣出随之。弟辙适在郡，相逐行及西门，不得与诀，东坡但呼："子由，以妻子累尔！"郡人为之泣涕。下狱即问五代有无誓书铁券，盖死囚则如此，他罪止问三代。东坡为一诗付狱吏，他日寄子由，其诗曰："圣主如天万物春，小臣愚暗自亡身。百年未满先偿债，十口无归更累人。是处青山可埋骨，他时夜雨独伤神。与君世世为兄弟，更结来生未了因。"狱吏怜之，颇宽其苦楚。狱成，神考薄其罪，止责散官，安置黄州。元祐中，复起为两制用事。绍圣初，贬惠州，再窜儋耳。元符末，放还，与子过乘月自琼州渡海而北，风静波平，东坡叩舷而歌，过困不得寝，甚苦之，率尔曰："大人赏此不已，宁当再过一巡？"东坡矍然就寝。余在南海，逢东坡北归，气貌不衰，笑语滑稽无穷，视面多土色，黯耳不润泽。别去数月，仅及阳羡而卒。东坡固有以处忧患，但瘴雾之毒，非所能堪尔。

东 坡 赤 壁

孙权破曹操于赤壁，今沔、鄂间皆有之。黄州徙治黄冈，俯大江，与武昌县相对。州治之西距江，名赤鼻矶，俗呼鼻为弼，后人往往以此为赤壁。武昌寒溪，正孙氏故宫，东坡词有"人道是周郎赤壁"之句，指赤鼻矶也。坡非不知自有赤壁，故言"人道是"者，以明俗记尔。

东 坡 羹

东坡在黄州，手作菜羹，号为"东坡羹"，自叙其制度，好事者珍奇之。

宫室鸱吻兽头

宫殿置鸱吻,臣庶不敢用,故作兽头代之,或云以禳火灾。今光州界人家屋皆兽头,黄州界惟官舍神庙用之,私居不用,云恐招回禄之祸。相去百里,风俗便不同。

上巳祓禊寒食禁火端午竞渡

三月上巳祓禊,其来亦远。寒食禁火,主介子推,河东之俗也。江浙民间多竞渡,亦有龙舟,率用五月五日,主屈原,湘楚之俗也。二者皆尚贤,而末流则害教,晋人寒食病老幼,楚人竞渡致斗讼。

大观开直河溺死属官

忠洁侯者,屈原也。大观间议开直河,省洞庭迂险,使者沈延嗣总其事,辟属官。有勾当公事卢供奉,过湖溺死。或传旁舟见鬼物出波间,云:“吾血食此,若由直河,则将安仰!”余以忠洁侯当无此言,傥以其兴不可成之功,徒殚民力,则毙之亦三闾遗意也。

张咏崇阳政绩

余客沔、鄂,闻人说张乖崖初为崇阳令,至今血食,父老犹能道其政事。尝逢村氓,市菜一束出郭门,问之则近郊农家,乖崖笞之四十,曰:“尔有地而市菜,惰农也。”崇阳民闻之,相尚力田。乖崖一日遣吏尽伐民间茶园,谕令更种桑柘,民失茶利,甚困,然素畏服其政令,不敢慢。乖崖代去数年,会朝廷更榷法,园户纳茶租钱,崇阳独无茶园,免输。邑去郡四百里,不通舟楫,岁输,一夫负米至郡,每斛率得六七斗,富者租百斛,甚为劳费。乖崖使三司建言,高原县分苗米折纳绢,崇阳民遂得轻赍,而先植桑柘已成,蚕丝之利甲于东南,迄今尤盛。

善 恶 之 报

黄州董助教甚富。大观己丑岁歉，董为饭以食饥者，又为糗饵与小儿辈。方罗列分俵，饥人如墙而进，不复可制，董仆于地，颇被欧践。家人咸咎之，董略不介意。翌日又为具，但设阑楯，以序进退，或时纷然，迄百余日无倦也。黄冈村氓闾丘十五，多积谷，每幸凶岁即腾价，细民苦之。老年病且呕，不复饮食，但餐羊屎。家人怜之，以米饵作羊屎状给之，入手便投去，唯食真者。数月方死。此氓媚佛，多施庐山僧供积，亦内惧祸至，冀事佛少逭责，此尤不可也。

黄 冈 萍 洲

黄冈民丁生微，稍稍有生事，性桀黠，遂致富，创买田宅。治井得片石，肤脉成字，如其姓名，丁即模刻，令士人作碑记实。未几病死，家旋破，余售之，今萍洲是也。田庐似是前定，当有以受之，不尔未见能享者。

初虞世追饯黄庭坚

黄鲁直再谪黔中，泊舟武昌，初和甫追饯之。相与处舟中，岸巾危坐，鲁直侧席，意甚恭。犹子无咎与黄士潘观来，不知其为初和甫，忽略之。潘、黄正论《本草》，反覆良久。鲁直曰："吾侄前！识初和甫否？"二人缩舌汗背。

中 国 宜 称 华

汉威令行于西北，故西北呼中国为汉；唐威令行于东南，故蛮夷呼中国为唐。崇宁间，臣僚上言："边俗指中国为唐、汉，形于文书，乞并改为宋。"谓如用唐装汉法之类。诏从之。余窃谓未宜，不若改作华宇,八荒之内,莫不臣妾,特有中外之异尔。

辽人嗜学中国

辽人嗜学中国。先朝建天章、龙图阁以藏祖宗制作,置待制、学士以宠儒官;辽亦立乾文阁,置待制、学士以命其臣。典章文物,仿效甚多。政和壬辰,朝廷得元圭,肆赦;是冬,辽亦称得孔子履,赦管内。

佛　　妆

先公言使北时,见北使耶律家车马来迓,毡车中有妇人,面涂深黄,谓之"佛妆",红眉黑吻,正如异物。或说人眉在眼上,设有眉在眼下者,众必骇见。使人人眉在眼下,而忽见眉在眼上者,其骇亦尔。故天下未尝有正论,杂然如此。要之世间事不可立异,且须通俗。

鹿　顶　合

北地产鹿,有倍大于中国者,鹿角近根实处,刻以为环,肉好相半,内虚可贮物,谓之鹿顶合。

元丰待高丽人最厚

京师置都亭驿待辽人,都亭西驿待夏人,同文馆待高丽,怀远驿待南蛮。元丰待高丽人最厚,沿路亭传皆名高丽亭。高丽人泛海而至明州,则由二浙溯汴至都下,谓之南路;或至密州,则由京东陆行至京师,谓之东路。二路亭传一新。常由南路,未有由东路者,高丽人便于舟楫,多赍辎重故尔。

高 丽 人 能 文

高句骊，古箕子之国，虽夷人能文。先公守润，得其使先状云："远离桑域，近次蔗封。"盖取食蔗渐入佳境之义。崇宁中，遣使贺天宁节，表有"良月就盈"之句，盖谓十月十日，其属辞如此。

高丽人常州买鸽

高丽人尝在常州，买民间养鸽放之，鸽识家飞去，常人唯恐不售，使还。又托生辰买鸽放生，人家争出鸽。既售，即笼入舟中，去更数日，方生辰，遂载行，反以为得计。

甘 宁 死 地

九江之下贵池口，属池州，九江之上富池口，属兴国军。富池口有吴将甘宁庙，案《吴志》，甘宁死于当口，或疑其富池口也，又恐自有当口。宁传云："为西陵太守，以阳新下雉为奉邑。"今永兴县有阳新里下雉村，盖宁故国。庙碑刻甚多，并无说此者。

东 海 神 庙

东海神庙在莱州府东门外十五里，下瞰海咫尺，东望芙蓉岛，水约四十里。岛之西水色白，东则色碧，与天接。岛上有神庙，一茅屋，渔者至彼则还。屋中有米数斛，凡渔人阻风，则宿岛上，取米以为粮；得归，便载米偿之，不敢欺一粒。稍北与北蕃界相望，渔人云，天晴时夜见北人举火，度之亦不甚远。一在蓬莱阁西，后枕溟海。

朱服增价收派买上供绵

先公守东莱，派买上供绵十万两，诸邑请重禁私市，公曰："如是将扰而不能办。"问："市价几钱?"曰："每两百钱。"公命增二十，委掖令田望茷之如私市，贮钱邑门，不问多少，随手交易。十余日，四乡趋利而来，遂足所售数。或谓价外增直，恐亏有司，公曰："朝廷平价和市之意正如此。"

崇宁当十钱改当三钱

崇宁初行当十大钱，秤重三小钱。后以币轻物重，令东南改为当五钱，轻于东北，私铸盗贩不可禁，乃一切改为当三，轻重适平，然后定。是时内帑藏钱无算，折阅万亿计。京师一旦自凌晨，数骑走出东华门，传呼里巷，当十改为当三，顷刻遍知。故凡富人，无所措手。开封府得旨，民间质库，限五日作当十赎质。细民奔走趋利，质者不堪命，稍或拥遏，有司即以重刑加之。有巨豪善计者，至官限满，自展五日，依旧作当十赎质，大榜其门。朝廷闻而录赏之。余族父炳居湖州仪凤桥西，常贮数百缗钱以射利。会当十法变，子弟先得消息，请速以钱易他货，族父笑而不答，良久云："钱遂不可用耶?"子弟曰："然。"族父曰："我不用，他人亦不可用，又何为?"既失此，后稍不给，终不少悔。

州郡不可用黄纸写牒

州郡承唐衰藩镇之弊，颇或僭拟，衙皂有子城使、军中使、教练使等号，近制始革去。先公知润州，值衙校转资，用黄纸写牒，公大惊，吏白旧例，其间尽准敕条。通判州事慎宗杰以为无害，公曰："岂有庶官而敢押黄纸耶?"自后改用白纸。故事：中书门下侍郎、宰相押黄，后省官皆押纸背。慎在常调，未尝知此。

田望善竿牍号纸进纳

阳翟田望，勤于竿牍，亦善其事，日发数十函不倦，由此自出官移令，改秩出常调，皆自致也。一书用好纸数十幅，近年纸价高，田俸入尽索于此。亲朋间目之为"纸进纳"，盖纳粟得官号"进纳"，故以名之。

黄　州　拳　石

近年拳石之贵，其直不可数计。太平人郭祥正旧蓄一石，广尺余，宛然生九峰，下有如岩谷者，东坡目为"壶中九华"，因此价重，闻今已在御前。东坡集中载《怪石供》，云谪居黄时所得。余寓居其地，屋后有山，名破湖山，乃此石所出处也。每年潦水退，细民往求之，五色莹彻，中有缠丝者，可琢为环珥玩饰，常苦其细，置斛中渍水养菖蒲，不适他用。

刘铱令国中以石赎罪

刘铱好治宫室，欲购怪石，乃令国中以石赎罪。富人犯法者，航海于二浙买石输之。今城西故苑药洲有九石，皆高数丈，号"九曜石"。

端　　　石

端州石在深谷中，细而润。初为官封之，已难得；后兴庆建军，以王地禁采石，不复可得。石上有鹳鹆眼，宛若生者，晕多而青绿为贵，磨砻终不可去，俗传透石涎也。端砚藏久无不甂者，以石润，久亦乾，故不平，如湿木干则不平。

笔 毛 笔 管

　　造笔用兔毫最佳，好事者用栗鼠须或猩猩毛以为奇，然不若兔毫便于书也。广南无兔，用鸡毛，然毛偏不可书，代匮而已。近世笔工，宣州诸葛氏，常州许氏，皆世其家。安陆成安道、弋阳李展之徒，尚多驰名于时。宣人善治竹管，莹洁可爱，亦有以苇为管者，贵其轻。高丽使过常州市笔，诸许待其解舟，即急售之，半无毛头，以为得计。

人目棋枰为木野狐

　　叶涛好弈棋，介甫作诗切责之，终不肯已。弈者多废事，不论贵贱，嗜之率皆失业，故唐人目棋枰为"木野狐"，言其媚惑人如狐也。

商贾目茶笼为草大虫

　　自崇宁复榷茶，法制日严，私贩者因以抵罪，而商贾官券，请纳有限，道路有程，纤悉不如令，则被系断罪，或没货出告缗，愚者往往不免。其侪乃目茶笼为"草大虫"，言其伤人如虎也。

瑞州府黄蘗茶

　　江西瑞州府黄蘗茶，号绝品，士大夫颇以相饷。所产甚微，寺僧园户竞取他山茶，冒其名以眩好事者。黄鲁直家正在双井，其自言如此。

陈州芍药花

　　陈州芍药花殊胜，近岁进花，自陈三百里一日一夜驰至都下。其法：初剪花时，用蜜渍蒲黄蘸其疮，微曝之，俟花嫣，乃入笥中；取时刘去所封蒲黄，布湿地上一两时顷，绷绳以花倒悬之，真如新采者。

抚州莲花纱

抚州莲花纱，都人以为暑衣，甚珍重。莲花寺尼凡四院造此纱，拈织之妙，外人不可传。一岁每院才织近百端，市供尚局并数当路，计之已不足用。寺外人家织者甚多，往往取以充数，都人买者，亦自能别寺外纱，其价减寺内纱什二三。

刘氏茔地生金苗

两川冶金，沿溪取沙，以木槃陶，得之甚微，且费力。登、莱金坑户，止用大木锯剖之，留刃痕，投沙其上，泛以水，沙去，金著锯绞中，甚易得。元祐中，莱州城东刘姓茔地金苗生，官苤取焉。乃发墓，凡砖瓦间皆金色也。刘葬才十数年，不知气脉蒸陶如此之速。累月取尽，地为深穴，得金万亿计，自官抽官市、匠吏窥窃外，刘所得十二三焉。京东诸郡之钱尽券与刘氏，刘氏乃一村氓不分菽麦者，得钱无所用，往来诸郡，恍忽醉饱，岁余亦死，钱竟没官，刘世遂绝。

古器不必可宝

崇宁间，邓州南阳县村民发古冢，县尉王偘苤掩之。王为余言其详，云窀中有二瓦棺，已碎其左者，购得一铜印，方寸许，篆文甚古，识之者云"温不禁印"。时方竞访古器，即为中贵人取去，未知温何代人也。仲父久中尚奇，每仿古物，立怪名，以给流俗。庐于先茔下，山多岩谷，乃披荆棘求其壮观者，刻取前人题署、姓名、年号，皆诡异，既不可据，真儿戏尔。前人所居与其器用，后世所以爱慕之者，思其人焉。其人无可思而宝其物与地者蔽也。夫冥器儿戏，又乌足以为君子之雅好也欤！

宋用臣巧钉鼓环

中官宋用臣，熙宁间备任使，以敏练称上意，性极精巧。元祐时，责官舒州，州将作乐鼓甚巨，饰以金彩。既成，其旁一环脚断，欲剖之，惜工费。宋乃献计为环，其下作锁须状，以铁固鼓腹之竅，使甚隘，即钉环入竅中，既入，锁须张，遂不复脱。事多似此。

以乌啼鹊噪示凶吉之俗不同

东南谓乌啼为凶，鹊噪为吉，故或呼为喜鹊。顷在山东，见人闻鹊噪则唾之，乌啼却以为喜，不知风俗所见如何。

泽州虎祠

姚祐自言尝任泽州邑尉，郡当太行之喉，官吏有未尝到处，郡将以虎患，遣尉祠之，乃在山巅。姚往宿山下，见居民环屋埋巨木，云以拒虎。稍晚虎出，数十为群，首尾相衔，睥睨庐舍，人畜俱股栗。旦起登山，姚披练推挽而上，至绝顶，得板屋，有石刻，姚致祭摹墨本以归。

溱州虎穴

溱州有虎穴，凡十里许，修谷茂丛斑斓，旁午，南北路口行者相集而度，否则遇害。荆州孙伟奇甫刺溱，亲为予道其详。夫市朝固有此地，人或忽之致祸，可不慎哉！

牛生麒麟

徽宗大观间，京东路民家有牛生麒麟，村人不识，以为怪，击杀之。有司既闻，验问，真瑞物也。乃上奏，因图其形下诸路，俾民间预识其状,或有生者,即重赏购之。

海　哥

元祐间,有携海鱼至京师者,谓之海哥。都人竞观,其人以槛置鱼,得金钱则呼鱼,应声而出,日获无算。贵人家传召不少暇。一日,至州北李驸马园,放入池中,呼之不复出,设网罟百计,竟失之。李园池沼雄胜,或云三殿幸其第爱赏,以为披香、太液所不及。海哥,盖海豹也,有斑文如豹而无尾,凡四足,前二足如手,后二足与尾相纽如一。登、莱傍海甚多,其皮染绿,可作鞍鞯。当时都下以为珍怪,蠢然一物,了无他能,贵人千金求一视唯恐后,岂适丁其时乎?

沈遘以西湖为放生池

沈遘知杭州,号神明之政,吏不能欺。尝以西湖为放生池,禁捕鱼,人无敢取蛙蚓者。

金星银星鳝

九宫山有金星银星鳝,不居水中,凿山者于坚土内得之,悬暴乾,久不坏。其背金银星宛如一具秤,斤两稀密,无纤毫差,秤星十五斤,鳝背星二十斤,枚枚如此。土人收以治风气病,《本草》不载。

两　首　蛇

孙叔敖杀积蛇,盖两首蛇也。江南山中蛇,两端皆有头,口目全具,行相牵挽,腹红背黑,长大率如箸。相传是老蚓,两口无舌,不见其开张,正一大蚓尔。恐叔敖所见不如此,或云枳蛇一颈两首,故怪。

卷三

生 日 献 画

先公在讲筵，闻神考言，熊本表章，用印端谨，朱色鲜明，前后无小异。由此受知，遂擢用至两制。近世长吏生日，寮佐画寿星为献，例只受文字，其画却回，但为礼数而已。王安礼自执政出知舒州，生日属吏为寿，或无寿星画者，但用他画轴，红绣囊缄之，必谓退回。王忽令尽启封，挂画于厅事，标所献人名衔于其下。良久，引客爇香，共相瞻礼。其间无寿星者，或用佛像，或用神鬼，唯一兵官所献，乃崔白画二猫，既至前，惭惧失措。或云时有囊缄墓铭者，吏不敢展，此尤失献芹之意，小节不可不戒，古人不欺幽隐，正谓此类。

书吏士人误作公文

滕宗闵知楚州，有监司过境，本州送酒食，书有臣名，即上闻。既鞫狱，乃书吏误用贺月旦表，无他意，滕坐送吏部监当。盖知州细衔字多，书欲谨，吏每患难写，乘暇用纸写前后衔，谓之空头表笺，用之固已不虔。向宗传为兴国军判官，托士人作与漕使小简，用"金口"、"清光"、"俞允"等字，漕使举行取勘，宛转自解仅免。士人于书尺多不识体要，往往误人，宜谨用，自不能识者，不若不发书。

常州太守不知锡山

熙宁中，有常州太守召赴阙，其人颇熟时事，将有陈述，所主亦大臣中有力者，或云介甫。当无不称上意。既陛见，上首问锡山去郡几远。既非素备，了不能对。盖常州无锡县锡山，俗呼惠山，守不阅图经,故不知也。上因顾近臣曰:"作守臣而不知境内山川,其为政可料。"即罢去,竟不曾开陈一言。

杨傑答神宗问佛法

杨傑次公,留心释教,尝上殿,神考颇问佛法大概,杨并不详答,云佛法实亦助吾教。既归,人咸咎之。或责以圣主难遇,次公平生所学如此,乃唯唯何耶? 杨曰:"朝廷端慎明辩,吾惧度作导师,不敢妄对。"

诗文鄙俚留为笑具

青州王大夫尝守舒、丹二州,为诗极鄙俚,每投献当路,得之者留以为笑具。季父为青掾,王亦与一轴诗,他日季父见其子,乃谢之。其子曰:"大人九伯乱道,玷渎高明。"盖俗谓神气不足者为九伯,岂以一千则足数耶? 余中表任朝议大夫,以八帙赦恩,转中奉大夫。其子对贺客则曰:"大人转此一官,方始济事,将来有遗表恩泽。"余记此二事,非以为谑,盖所以开悟为人子者。

温公卖病马

司马温公闲居西京,一日令老兵卖所乘马,嘱云:"此马夏月有肺病,若售者,先语之。"老兵窃笑其拙,不知其用心也。

富弼致政出郊

富郑公致政归西都,尝著布直裰,跨驴出郊,逢水南巡检,盖中官也。威仪呵引甚盛,前卒呵"骑者下",公举鞭促驴,卒声愈厉,又唱言:"不肯下驴,则请官位。"公举鞭称名曰:"弼。"卒不晓所谓,白其将曰:"前有一人,骑驴冲节,请官位不得,口称'弼'。"将方悟曰:"乃相公也!"下马执锐,伏谒道左,其候赞曰:"水南巡检唱喏!"公举鞭去。

杜衍罢相作客

世传杜祁公罢相归乡里,不事冠带。一日在河南府客次,道帽深衣坐席末。会府尹出,衙皂不识其故相,有本路运勾至,年少贵游子弟,怪祁公不起揖,厉声问:"足下前任甚处?"祁公曰:"同中书门下平章事。"客次与坐席间固不能遍识,常宜自处卑下,最不可妄谈事及呼人姓名,恐对人子弟道其父兄名及所短者,或其亲知,必贻怒招祸,俗谓口快,乃是大病。

王荆公与张姓老氓

王荆公退居金陵,结茅钟山下,策杖入村落。有老氓张姓,最稔熟。公每步至其门,即呼"张公",张应声呼"相公"。一日公忽大哂曰:"我作宰相许时,止与汝一字不同耳!"

李端愿不事鬼神

驸马都尉李端愿,居戚里最号恭慎,既失明,犹戒励子弟,故终身无过。时京师竞传州西二郎庙出圣水,治病辄愈。李素不事鬼神,一日,其子舍有病稚,家人窃往请水,李闻大怒,即杖其子,且云:"使尔子果死,二郎岂肯受枉法赃故活之耶?若不能活,又何求?"

张昇遇贼道

张昇杲卿自枢府乞骸,除侍中、河阳三城节度使致仕。幅巾还第,出居阳翟,时时来洛中,游嵩少,颇接方外人,绝口不挂时事。有道人者,善谈虚无,杲卿雅爱之。一日,偕游少室山中,左右从者十余人。至大松树下,杲卿坐石上,道人探怀出小囊茗屑,汲涧泉、折枯松煮之。杲卿一杯，道人即以余沥分饮从者，既渴，人竞啜少许，已而皆僵仆。盖茗中置毒药，故以困人，唯道人与杲卿饮者无害尔。道人乃前白曰："欲告侍中，求随行金银器，往乡市药。"即敛入布囊中，杲卿四顾，左右皆被毒，莫能兴，因大笑遣之携去。至困者醒，药力渐消，始能行，仅至山下，投宿民家。翌日归，乃戒子弟慎交游。

孟皇后废兆

先公在绍圣初识孟在，盖皇后父也。时泰陵未有嗣，常因景陵宫行香，诸人聚首，孟在忽太息。或询其故，孟曰："中宫蓐月，满望一皇嗣，乃诞公主！"先公归语所亲曰："孟在非长守富贵者也！"果如言，后竟废。

少俊之戒

沈起待制诸子，有见荆公者，颇喜之，许以荐擢。一日，沈盛饰出游，过相府，公闻其在门，呼入与共匕箸。先令褪带，沈辞，不得已，公以手搴沈所衣真珠绣直系，连称"好，好"。自后不得复见，坐此沈废。政和中，台章言一朝士，有"湿活居士"之目，谓饮不择酒，内不择人。此数事平时人所易犯，一被指斥，则莫脱，故举以为少俊之戒。

程戬罢政之兆

张昇杲卿微时，与程戬俱下第。橐尽，步出南薰门，至朱仙镇。是日立春，就肆买食，共探怀得数十钱，仅能买汤饼，无钱致肉也，相与摘槐茁荐食而去。后俱在政府，遇立春日，程邀杲卿开宴，水陆毕陈，艳妾环侍，程有骄色。杲卿从容话旧，及朱仙槐角事，程愧其左右，面颊舌咋，终无欢而罢。杲卿归语其内曰："程三其黜乎？器盈于此矣！"未几，果罢执政。

张听声知朱服命

先公以庆历戊子八月十日生，十八岁，请解于广文馆。尝至汴河上，闻瞽者张听声知祸福，公叩焉。才謦咳，张即曰："吾故人也！二十年不相遇。"公窃笑其诞。再询，知乡里，便曰："岂朱秘丞郎君乎？"公愕然，张曰："庆历八年重阳日，蒙秘丞置酒，次日诣谢，闻公诞弥月，又得预庆宴。秘丞令视公，彼时爱此声，每不忘，屈指已十七年矣。"因道："公此举未及第，后六年当魁天下。"皆如其言。至今汴河岸常有"张听声"，盖袭其名也。

钱秀才知人三世姓

余幼时随母氏在常州，时见钱秀才开图书，知人三世姓，男子知妇姓，女子知夫姓，无不验。吾家之姊，长适吴氏，次适沈氏，钱阅书皆言夫姓吴，当时怪其差缪。后数年，沈姊离婚归宗，嫁吴宽夫，不知图书何为而亿中乃尔。生齿浩繁，岂此数帙文字所能该括？

卦　影

熙宁间，蜀中日者费老筮《易》，以丹青寓吉凶。在十二辰，则画鼠为子，画马为午，各从其属。画牛作二尾则为失，画犬作二口为哭，画十有一口则为吉，其类不一，谓之卦影，亦有繇词，以相发明。其书曰《轨革》，费老筮之无不验。其后转相祖述，不知消息盈虚者，往往冒行此术，盖中否未可知也，求筮者得幅纸画人物，莫测吉凶，待其相符，然后以为妙。卜以决疑，而转生疑，非先王命卜之意也。其画人物不常，鸟或四足，兽或两翼，人或儒冠而僧衣，故为怪以见象。朝士米芾好怪，常戴俗帽，衣深衣而蹑朝靴，绀缘缬，朋从目为"活卦影"。又开封李昂作卦影，自云能识倚伏，每筮得象，则说谕人，亦有理趣。余目击一事，曾有一卒持百钱来筮，昂探箸布卦，即画人裹巾，半衣白,半衣绿,以杖荷二妇人头。昂曰:"卜者士人,半衣白似无官,半衣绿似有官;半绿似无出身,半白又似有出身;荷二妇人头,两头阴,以为贵人之首云。"后询知卜者何大正也。何以布衣上书言元祐皇后称旨得官,后又言元符皇后忤旨失官,卜时方被罪。昂术精妙,余每求筮,或中或否,不能尽如此。或言日者占筮,系其穷通,所谓术果如何哉!

文彦博九十二岁善终

文潞公在贝州时,有黄琠者,为公筮。用一幅大绫,写"九十二岁善终"六字,藏于家。考公自二十八岁作两制,知成都;四十二岁平贝州贼,作宰相凡五十余年。平日未尝降官,虽赎铜罚俸亦无。元祐初,平章军国重事,久之以太师、河东节度使、侍中居西京。绍圣元年,公九十二岁,坐异意降太子少保,河南府差通判来取节钺。月余终。

何执中遇五有喜庆

何执中第五,微时从人筮穷达,其人云:"公不第五否?"何曰:"然。"其人拊掌大笑,连称奇绝,因云:"公凡遇五,即有喜庆。"何以熙宁五年乡荐余中榜第五人及第,五十五岁随龙,崇宁五年作宰相,每迁官或生子,非五年即五月或五日,其验如此。

戚山梦得登第时

湖州戚山,嘉祐末梦人书玉旁页字示之,云:"御名,此汝及第时。"戚多与亲旧道之。治平登极,而御名不如所梦,戚谓无验。不数年,神考龙飞,正协其字。乡人素闻其详,尤以为神。是举不预荐,方叹惋,忽有旨展年免解,湖州惟戚山一名预免,来年遂过省登第。

李充梦裸身见舒亶

常州李充,元丰间在太学,梦裸身见舒亶。时舒主学,李意裸身有脱白之兆,甚喜。后太学贿狱起,事连诸生,李亦系御史台。舒为中丞,夜阅囚,李正裸身对之,因悟前梦。

蔡子李女知前生事

蔡元度子仍悟前身是润州丹阳王家儿,访之果然,妻子尚在,来见之,相语如昔。至八、九岁,渐熟世境,旋忘前事。雍丘李三礼,生女小师,数岁则曰:"我是黄州黄陂典吏刊本作史。雷泽男享甫,年十七岁,病疮卒。"雍丘牛商多在黄陂,寻问如合符契。他日雷泽往视小师,一见便呼为父。政和八年,小师来黄陂,抱其旧母号泣,又数与邑人说其平昔,皆验。

王震五十岁水厄

王震子发,平时人相之云:"五十岁水厄。"绍圣二年,责知袁州,五十岁矣。畏水厄,乃陆行至蕲水,疽发顶上,不可救,遂卒。岂所谓水厄者,厄于蕲水耶?

朱斋郎遇青眉子授异术

湖州安吉朱斋郎,昔游池州,齐山张道人与之一幅白纸,令寻"青眉子",云:"刺墨为眉,多作丐者。"朱他日在乡间,见群丐中有刺青眉者,因叩之。青眉初诟骂,洎朱转与张所寄纸,即笑曰:"张老无恙乎?"先是,涎唾被面,一穷殍耳;既笑,天真粲然,尘不可掩,宛若贵人。良久,谓朱曰:"汝无仙骨,又家富,黄白术不足以相累,有小技可以安乐终天年。"即授之而去。朱自尔大能饮啖,凡四十年无老态。

崇宁乙酉，朱病，挐舟入吴兴，将见刘焘。会刘往西安，不能俟，亟呼季父翼中，传其术，语竟引舟归。季父素病，由是康健。不知所谓术者何如也。

饶珙名位全似崔判官

抚州饶珙未第时，遇浮屠子语之曰："公他日名位，全如今润州崔判官。"饶未之信。后四十年，以朝请郎通判润州，正先公作守时也。到官岁余，因治厅事，得通判题名石刻，见崔判官姓名，法云："司封员外郎，某年月日到、罢。"饶欣然记前言，乃求得老吏，询崔罢去后事，乃云："得替至扬州，不讳。"饶心动，即上致仕状，先公闻之，力劝止，然卒不免。

桂阳监僧人入石复还

熙宁初，凌运勾权知桂阳监，坐失入死罪废黜。初，桂阳一僧携二徒游庐山，数岁，独其徒归，颇有金帛，日从搏饮。僧之姊讼于官，执其徒鞫问，具得僧度牒、衣钵，其徒云："未至桂阳三十里，江岸大石，同憩其旁。石忽开，有老人召僧入，石复合，至暮候之不出，遂归。"狱中大笑其诞，峻治，竟伏辜，二徒皆坐斩。数月，僧至桂阳，徒家诉冤，官吏由是抵罪。问僧，果入石壁中，见老人，语良久，从地户出，乃在鼎州桃源，僧乞食缓行还乡。事有如此者，至今桂阳监现有案牍。

张大卿婢柳箱异事

古传剑侠甚著，近世寂不闻，先令人尝言常州张大卿一事，疑其剑侠也。云张买得婢，年三十余，虽不艳丽，风骨语论，非凡物也。自挈一柳箱缄固，每戒人勿发。寻常十数日则失之，夜半后复从天窗中来，张心异之，不敢诘。岁余生一女子，张意绸缪，俟其去，乃发箱视之，中藏一短剑及皂半臂，无他物，才归已觉，大怒曰："奈何不听吾言！"取半臂披之，挥剑断其女头，倏然飞去，张急挽，已失所在。至今张氏祀于家祠，柳箱存焉。

紫　姑　神

古传紫姑神，近世尤甚，宣和初禁之，乃绝。尝观其下神，用两手扶一筲箕，头插一箸，画灰盘作字，加笔于箸上，则能写纸，与人应答，自称"蓬莱大仙"，多女子也，有名字伯仲，作文可观，著棋则人无能敌者。余寓南海，有一假儒衣冠者，能迎致其神，在书室中和余诗云："古书读尽到今书，不独才余力有余。自是丹山真凤子，太平呈瑞只须臾。"其人自不能文，疑有神助。然不识字人致之，则不能书，但以箸宛转画灰盘尔。此何理也？

江南俗事诸神

江南俗事神，疾病官事专求神，其巫不一，有号"香神"者，祠星辰，不用荤；有号"司徒神"者、"仙帝神"者，用牲，皆以酒为酹，名称甚多。尝于神堂中见仙帝神名位，有柴帝、郭帝、石帝、刘帝之号，盖五代周、晋、汉也，不知何故祀之，祀词并无义理。又以傀儡戏乐神，用禳官事，呼为弄戏。遇有系者，则许戏几棚。至赛时，张乐弄傀儡，初用楮钱，爇香启祷，犹如祠神。至弄戏，则秽谈群笑，无所不至。乡人聚观，饮酒醉，又殴击，往往因此又致讼系，许赛无已时。

张　昇　消　怪

张昇侍中初监榷务，相传厅事有鬼物，官吏不敢宿直舍。张至，独寝厅上。夜半后，有物扪其足，如冰冷；须臾自足而上，循至顶复下，如此再四。张闭目引手持之，乃一毛臂甚巨，不敢视其状，但坚持之。闻鸡唱，忽作人语，初甚厉，已而渐逊，且言："公官至侍中，语泄天机,自有阴祸,幸舍我。"张皆不恤,渐觉手中消铄,至晓都尽,怪遂绝。张每戒人云:"夜中但不开目,便不怖畏。"仲姊之夫先为张婿,亲为余言不妄。

湖州状元之兆

熙宁癸丑,先公登第,天子擢居第一,为权臣所轧,故居第二,大父颇不平。湖州道场山有老僧,为大父言:"此非人事。道场山在州南离方,文笔山也,低于他州,故未有魁天下者。"僧乃丐缘,即山背建浮屠,望之如卓一笔。既成,语州人曰:"后三十年出状元。"大观贾安宅,政和莫俦,相继为廷试魁。此吾家事,非诞也。

琼管无登第士

琼管四郡在海岛上,士人未尝有登第者。东坡责儋耳,与琼人姜唐佐游,喜其好学,与一联诗云:"沧海何尝断地脉,白袍端合破天荒。"东坡语姜云:"俟他日有验,当续成篇。"崇宁兴学,丕冒海隅,四郡士人亦向进,虽垦辟已久,恐卤瘠终无嘉谷尔。

常州诸胡富贵奕世　吕惠卿家不利女婿

常州诸胡,余外氏,自武平使枢密,宗愈继执政,宗回、宗师、宗炎、奕修皆两制,宗质四子同时作监司,家资又高,东南号"富贵胡家"。相传祖茔三女山尤美,甚利子婿,余母氏乃尊行,如渭阳诸婿,钱昂、黄辅国、李诗、柳廷俊、张巨、陈举、蒋存诚,皆为显官,余无不出常调。吕吉甫太尉,自言其家不利女婿,不唯碌碌无用,如长倩余中,成婚二十余年,元祐初观望朝廷,上疏乞诛吕吉甫谢天下,后竟离婚。亦云祖茔三女山风水相刑也。余表侄李熙嘏,狂生登第,吉甫以孙女妻之,自延安帅遣人纳吉,礼貌甚盛。熙嘏在京师,忽诣开封府投牒,愿离婚。蔡元长尹京,惊问所以,并无违律及不争财物,熙嘏但言平生不喜与"福建子"交涉,元长怒叱出,卒成婚。时人谓吕家风水已应。中州人每为闽人所窘,目为"福建子",畏而憎之之辞。吉甫、元长皆闽人,故熙煅戏之耳。

大 姑 李

大父居湖州城西,绕宅为园,植果,有一李树实佳。家有姑,自幼时爱食,因占护,每李熟,他人莫敢采,家人号为"大姑李",传其种于外。后数十年,诸父贫不能有祖构,而姑所嫁丁维为中大夫,典郡且富,遂售其地建宅,大姑尚无恙,竟得旧李。

荆公吴夫人好洁一

王荆公妻越国吴夫人,性好洁成疾,公任真率,每不相合。自江宁乞骸归私第,有官藤床,吴假用未还,吏来索,左右莫敢言。公一旦跣而登床,偃仰良久,吴望见,即命送还。

荆公吴夫人好洁二

荆公吴夫人有洁疾,其意不独恐污己,亦恐污人。长女之出,省之于江宁,夫人欣然裂绮縠制衣,将赠其甥,皆珍异也。忽有猫卧衣笥中,夫人即叱婢揭衣置浴室下,终不肯与人,竟腐败无敢取者。余大父至贫,挂冠月俸折支,得压酒囊,诸子幼时,用为胫衣。先公痛念兹事,既显,尽以月俸颁昆弟宗族,终身不自吝一钱。诸父仰禄以活,不治生事。晚年迁谪,族人失俸,大有狼狈者,五叔父遂不聊生。余窃谓使荆公与大父易地,吴夫人安得有此疾!

旱 魃

世传妇人有产鬼形者,不能执而杀之,则飞去,夜复归就乳,多瘁其母,俗呼为"旱魃"。亦分男女,女魃窃其家物以出,儿魃窃外物以归。初虞世和甫,名士善医,公卿争邀致,而性不可驯狎,往往尤急于权贵。每贵人求治病,则重诛求之,至于不可堪,所得赂旋以施贫者。最爱山谷黄庭坚,尝言:"山谷孝于亲,吾爱重之。"每得佳墨精楮奇玩,必归山谷。山谷尝语朝士:"初和甫于余,正是一儿旱魃。"时坐中有素厌苦和甫者,率尔对曰:"到吾家便是女旱魃。"

伶人讥崇宁当十钱

崇宁铸九鼎,帝鼐居中,八鼎各镇一隅。是时行当十钱,苏州无赖子弟,冒法盗铸。会浙中大水,伶人对御作俳:"今岁东南大水,乞遣彤鼎往镇苏州。"或作鼎神附奏云:"不愿前去,恐一例铸作当十钱。"朝廷因治章绹之狱。

伶人议正时事

伶人丁先现者,在教坊数十年,每对御作俳,颇议正时事。尝在朝门与士大夫语曰:"先现衰老,无补朝廷也。"闻者哂之。

伶人讥典帅王恩不习弓矢

王德用为使相,黑色,俗号"黑相"。尝与北使伴射,使已中的,黑相取箭焊头一发破前矢,俗号"劈筈箭"。姚麟亦善射,为殿帅十年,伴射常蒙奖赐。崇宁初,王恩以遭遇处位殿帅,不习弓矢,岁岁以伴射为窘。伶人对御作俳,先一人持一矢入,曰:"黑相劈筈箭,售钱三百万。"又一人持大矢入,曰:"老姚射不输箭,售钱三百万。"后二人挽箭一车入,曰:"车箭都卖一钱。"或问:"是何人家箭,价贱如此?"答曰:"王恩不及垛箭。"

茶牙人赐绯无文采直龙

杨鼎臣大夫尝为余言,绍圣间在成都,见提举茶马官,以课羡赐五品衣鱼。府中开宴,俳优口号有"茶牙人赐绯"之句,当时颇怒其妄发,亦笞之。小人中有冷眼,最不可欺。元符末,广帅柯述除直龙图阁,移知福州,训词有云:"延阁以待该博之士,傥践历中外,厥有成绩者,亦以命之。"柯无文采,颇不堪此"亦"字。

王安石新法用人不限资格

熙宁间,王介甫行新法,欲用人材,或以选人为监司。赵济、刘谊皆雄州防御推官,提举常平等事,荐所部官改官,而举将自未改官。盖用才不限资格,又不欲便授品秩,且惜名器也。其时多引人上殿,伶人对上作俳,跨驴直登轩陛,左右止之,其人曰:"将谓有脚者尽上得。"荐者少沮。

文　及　甫

文及甫,潞公子也,二十八岁,以直龙图阁知陕州,士论少之。郡僚戏云:"本州公筵,客将司奉台旨吃炒剥。"当时传以为笑。

钱　遹

钱遹田家子,高科朊仕,性甚鲁。每遇失汗,则负重走斋中,汗出乃苏。既为禁从,犹如此,或取十余千钱,就帐内荷之以作力。诸方不载此法,但人生恶安逸、喜劳动,惜乎非中庸也。轻薄子以为此出汗方,编入御药院,可一笑,故记之。

误 取 父 枢

元祐间有大臣，不欲书名氏。父尝贬死朱崖，寓枢不归。既贵，自过海迎取。已更数十年，无识其父枢者，于僧房中有数棺，枯骨无款记，不获已乃挈一棺归，与其母合葬。后竟传误取僧骨来。绍圣初，言者欲娄斐，以无验不敢举。

酒 食 地 狱

杭州繁华，部使者多在州置司，各有公帑。州倅二员，都厅公事分委诸曹，倅号无事，日陪使府外台宴饮。东坡倅杭，不胜杯酌，诸公钦其才望，朝夕聚首，疲于应接，乃号杭倅为"酒食地狱"。后袁毂倅杭，适与郡将不协，诸司缘此亦相疏，袁语所亲曰："酒食地狱，正值狱空。"传以为笑。

李章巧口乞鱼

苏州李章，以口舌为生计，介甫集有《李章下第》诗，亦才子也。尝游湖州，人皆厌其乞索。曾诣富人曹监簿家，曹方剖嘉鱼，闻其来，遽匿鱼出对之，章已入耳目。既坐，曹与论文，不及他事，冀其速去，谈及介甫《字说》，章因言："世俗讹谬用字，如本乡苏州，篆文鱼在禾左，隶书鱼在禾右，不知何等小子，移过此鱼。"曹拊掌，共匕箸。

郭 进 戒 子

昔有郭巨公进建第，落成日，设诸匠列坐于子弟右。或以为不可，巨公指诸匠曰："此造屋者。"又指其子弟曰："此卖屋者，固自有序。"识者以为名言，可为破家子戒。

苏 掖 置 产

常州苏掖,仕至监司,家富甚啬。每置产,必不与直,争一钱至失色。尤喜乘人窘急,时以微资取奇货。尝买别墅,与售者反覆甚苦,其子在旁曰:"大人可少增金,我辈他日卖之,亦得善价也。"父愕然,自是少悟。士大夫竞传其语。

郎忠厚富贵亲情

钱塘郎忠厚,游当涂诸公间,颇稔熟,好叙亲旧,见势位无不纳拜者。至人失势,则相疏。时人目之为"富贵亲情"。

润州监征与务胥合盗官钱

润州一监征,与务胥盗官钱,皆藏之胥家,约曰:"官满分以装我。"胥伪诺之。既代去,卒不与一钱,监征不敢索,悒悒渡扬子江,竟卒于维扬。胥得全贿,遂富,告归治田宅。是年妻孕,如见监征褰帏而入,即诞子,甚慧。长喜书,胥使之就学。二十岁登第,胥大喜,尽鬻其产,挈家至京师,为桂玉费。其子调官南下,已匮乏,至维扬病亡。胥无所归,贫索无聊,悔悟而卒。

赵 廷 臣

赵廷臣故渝州洞蛮,与诸酋约降朝廷。至洞,赵乃率诸酋杀之,扬言众叛,掩以为己功,又尽得其财物。故廷臣世资高,筮仕被擢用。生子谂,少年及第,几为殿魁;未三十岁,升朝为国子博士,忽以狂逆伏法。廷臣自河东提刑配琼州,母、妻、妹分配岭外,家资没官。识者谓谂等乃诸洞酋后身。

沈括妻妒暴

沈括存中，入翰苑，出塞垣，为闻人。晚娶张氏，悍虐，存中不能制，时被棰骂，捽须堕地，儿女号泣而拾之，须上有血肉者，又相与号恸，张终不恕。余仲姊嫁其子清直，张出也。存中长子博毅，前妻儿，张逐出之。存中时往赒给，张知辄怒，因诬长子凶逆暗昧事，存中责安置秀州。张时时步入府中，诉其夫子，家人辈徒跣从劝于道。先公闻之，颇怜仲姊，乃夺之归宗。存中投闲十余年，绍圣初复官，领宫祠。张忽病死，人皆为存中贺，而存中恍惚不安。船过扬子江，遂欲投水，左右挽持之，得无患，未几不禄。或疑平日为张所苦，又在患难，方幸相脱，乃尔何耶？余以为此妇妒暴，非碌碌者，虽死魂魄犹有凭藉。

胡宗甫妻

胡宗甫妻张氏，极妒。元丰中官京局，母氏常过其家。有小婢云英行酒，与主人相顾而笑，张见而嫌之。婢亦觉，是夕，自缢于厕。家人惊告，张饮嚼自如。母氏不遑处，乃归。明年，张之爱女病，作婢语责张曰："我由尔死，尚未足道；既闻之，饮食笑乐安忍耶？必令主死，尔诸子继之，使尔孑然无聊，以偿我昔痛！"未几，宗甫捐馆，张遽出京还常州，三子尽亡，姑妇四人孀居。张晚年病发，宛转哀鸣，求诸婢铺饲扶掖，或责以前事，则流涕无语，如是十余年乃卒。

王韶多杀伐之报

王韶在熙河，多杀伐。晚年知洪州，学佛，一日问长老祖心曰："昔未闻道，罪障固多，今闻道矣，罪障灭乎？"心曰："今有人，贫负债，及富贵而债主至，还否？"韶曰："必还。"曰："然则闻道矣，奈债主不相放何耶！"未几，疽发于脑卒。

倡　　妇

倡妇，州郡隶狱官以伴女囚。近世择姿容，习歌舞，迎送使客，侍宴好，谓之弟子，其魁谓之行首。

男　　倡

书传载弥子瑕、闳、籍孺以色媚世，至今京师与郡邑无赖男子，用以图衣食。旧未尝正名禁止，政和间始立法告捕，男子为倡，杖一百，告者赏钱五十贯。

佚文

杨鼎臣葬母

绵州杨鼎臣，年十余岁，所生母死，殡菜园中。后十年登第，调官，欲积俸营葬，凡两任，不能办。后改官知彭州九陇县，升朝为安俾，追赠所生邑号，方获襄事。杨每惧微时草率，棺衾不如法。既彻面衣若生，衣装俨然，盖已三十年。杨抱持恸绝，奉尸易衣而葬，观者感叹，诚孝之报如此。

《永乐大典》卷一〇八一三，题《积俸葬母》

姚舜仁明堂议

崇宁初，姚舜仁献明堂议，以秘书少监修建明堂，专掌制度。姚议太室用茅覆，尊尧制也，竟不成。政和初，睿断天成，遂建合宫之制，不用茅，可见姚论之迂。亲祠北郊，自祖宗以来不得定议，议者多曰："天子祭天地，大裘而冕。"传云："大裘，黑羔裘也。"夏至极暑，至尊御羔裘不便，遂中辍。政和初，始定夏祭之礼。圣人之于天道，宜自得之。

《宋会要辑稿》礼二四之七七

老 学 庵 笔 记

［宋］陆　游　撰
高克勤　校点

校 点 说 明

　　《老学庵笔记》十卷,宋陆游撰。陆游(1125—1210),字务观,号放翁,越州山阴(今浙江绍兴)人。南宋时期最著名的爱国诗人。陆游著述繁富,现存作品有《剑南诗稿》、《渭南文集》、《南唐书》和《老学庵笔记》等。

　　《老学庵笔记》是陆游晚年所著的笔记。宋光宗绍熙二年(1191)夏,陆游命名自己的书室为"老学庵",自言"予取师旷'老而学如秉烛夜行'之语命庵"(《剑南诗稿》卷三三《老学庵》诗自注)。这部笔记当是这一时期的作品。

　　《老学庵笔记》所记内容,多为作者耳闻目睹之事,内容十分丰富,不仅记录了当时大量的史实和掌故,可补正史之阙,而且反映了陆游的政治思想和文学观点,也是研究陆游及其作品的重要资料。作者既富诗人之才,又具史家之识,因此本书不仅具有较高的史料价值,而且颇富文学色彩。书中每条记载,少则二三十字,多至三四百字,文笔简练,语言隽永,耐人寻味。前人对此书的评价一直较高。宋人陈振孙称陆游"生识前辈,年登耄期,所记所闻,殊可观也"(《直斋书录解题》卷一一)。《四库全书总目提要》称此书"轶闻旧典,往往足备考证";又云:"《宋史·艺文志》又载游《山阴诗话》一卷,今其书不传,此编论诗诸条,颇足见游之宗旨,亦可以补诗话之阙矣。"(卷一二一子部杂家类)清人李慈铭亦云:"其杂述掌故,间考旧文,俱为谨严;所论时事人物,亦多平允。"(《越缦堂读书记》)总之,在宋人笔记中,本书是较有价值的一种。

　　《老学庵笔记》,陆游生前并未刊印。宋理宗绍定元年(1228),由其子陆子遹刻印,共十卷,是为陆氏家刻本。明代此书以收入会稽商濬所刻《稗海》中的流行较广。清代毛晋《津逮秘书》所收即据《稗海》本,并以景宋本作校勘;后来的《四库全书》本、《学津讨原》本、《丛书集成》本所收,均据《津逮秘书》本覆印。民国十五年(1926)上海商务印书馆以涵芬楼辑据陆氏家刻本钞的穴砚斋钞本为底本,校以清人何焯(义门)校本和《津逮秘书》等本,印入《宋人小说》丛书中。本书此次整理,即以商务本为底本,并参校他本,择善而从,凡底本有误者皆径加改正,不出校记。据《四库全书总目》著录,《老学庵笔记》有《续笔记》二卷,但今已不见。根据本丛书体例,此次整理只收录《老学庵笔记》全文,不作补遗辑佚,谨此说明。

目　　录

卷第一

徽宗南幸至润，郡官迎驾于西津。及御舟抵岸，上御棕顶轿子，一宦者立轿旁呼曰："道君传语，众官不须远来！"卫士胪传以告，遂退。

徽宗南幸还京，服栗玉并桃冠、白玉簪、赭红羽衣，乘七宝辇。盖吴敏定仪注云。

高宗在徽宗服中，用白木御椅子。钱大主入觐，见之曰："此檀香椅子耶？"张婕好掩口笑曰："禁中用烟脂皂荚多，相公已有语，更敢用檀香作椅子耶？"时赵鼎、张浚作相也。

建炎苗、刘之变，内侍遇害至多。有秦同老者，自扬州被命至荆楚，前一日还行在，尚未得对，亦死焉。又有萧守道者，日侍左右忽得罪，绌为外郡监，当前一日出城遂免。

临安父老言，苗、刘戕王渊在朝天门外，今都进奏院前。然《日历》及诸公记录皆不书，但云"死于路衢"而已。邵彪所录谓"死于第"，尤非也。

鼎、澧群盗如钟相、杨么乡语谓幼为么。战船有车船、有桨船、有海鳅头，军器有挈子其语谓挈为饶。有鱼叉、有木老鸦。挈子、鱼叉以竹竿为柄，长二三丈，短兵所不能敌。程昌禹部曲虽蔡州人，亦习用挈子等，遂屡捷。木老鸦一名不藉木，取坚重木为之，长才三尺许，锐其两端，战船用之尤为便习。官军乃更作灰炮，用极脆薄瓦罐，置毒药、石灰、铁蒺藜于其中，临阵以击贼船，灰飞如烟雾，贼兵不能开目。欲效官军为之，则贼地无窑户，不能造也，遂大败。官军战船亦仿贼车船而增大，有长三十六丈、广四丈一尺、高七丈二尺五寸，未及用而岳飞以步军平贼。至完颜亮入寇，车船犹在，颇有功云。初张公之行，赵元镇丞相以诗送之云："速宜净扫妖氛了，来看钱塘八月潮。"

鼎、澧群盗，惟夏诚、刘衡二砦据险不可破。二人每自咤曰："除是飞过洞庭湖。"其后卒为岳飞所破，盖语谶云。

赵元镇丞相谪朱崖,病亟,自书铭旌云:"身骑箕尾归天上,气作山河壮本朝。"

靖康二年,浙西路勤王兵,杭州二千人,湖州九百一十五人,秀州七百一十六人,平江府一千七百三十八人,常州七百八十五人,镇江府六百人,一路共六千七百五十四人,以二月七日起发,东都之陷已累月矣。

集英殿宴金国人使,九盏:第一肉咸豉,第二爆肉双下角子,第三莲花肉油饼骨头,第四白肉胡饼,第五群仙炙太平毕罗,第六假圆鱼,第七奈花索粉,第八假沙鱼,第九水饭咸豉旋鲊瓜姜;看食:枣餬子、膲饼、白胡饼、馉饼淳熙。

绍兴辛酉与虏交兵,虏遁,议者谓当取寿、颍、宿三州屯重兵,然后淮可保;淮可保,然后江可固。惜其不果用也。

建康城,李景所作。其高三丈,因江山为险固,其受敌惟东北两面而壕堑重复,皆可坚守。至绍兴间,已二百余年,所损不及十之一。

汉人入仕,有以赀为郎者,司马相如、张释之是也;有入钱入谷赏以官者,卜式、黄霸是也。入钱谷则今买官之类,以赀则非也。

秦会之在山东欲逃归,舟楫已具,独惧虏有告者,未敢决。适遇有相识稍厚者,以情告之。虏曰:"何不告监军?"会之对以不敢。虏曰:"不然,吾国人若一诺公,则身任其责,虽死不憾。若逃而获,虽欲贷,不敢矣。"遂用其言,告监军,监军曰:"中丞果欲归耶? 吾契丹亦有逃归者,多更被疑,安知公归而南人以为忠也。公若果去,固不必顾我。"会之谢曰:"公若见诺,亦不必问某归后祸福也。"监军遂许之。

黄元晖为左司谏,论事忤蔡氏,谪昭、潭,后复管勾江州太平观。谢表曰:"言之未尽,悔也奚追。"

张芸叟作《渔父》诗曰:"家住耒江边,门前碧水连。小舟胜养马,大罟当耕田。保甲元无籍,青苗不著钱。桃源在何处? 此地有神仙。"盖元丰中谪官湖湘时所作。东坡取其意为《鱼蛮子》云。

张德远诛范琼于建康狱中,都人皆鼓舞。秦会之杀岳飞于临安狱中,都人皆涕泣。是非之公如此。

政和中大傩,下桂府进面具。比进到,称"一副"。初讶其少,乃是以八百枚为一副,老少妍陋无一相似者,乃大惊。至今桂府作此者皆致富,天下及外夷皆不能及。

京师承平时,宗室戚里岁时入禁中,妇女上犊车皆用二小鬟持香球在旁,而袖中又自持两小香球。车驰过,香烟如云,数里不绝,尘土皆香。

明州江瑶柱有二种:大者江瑶,小者沙瑶。然沙瑶可种,逾年则成江瑶矣。海桧亦有二种。海桧夭矫坚瘦皆天成,又有刻削蟠屈而成者名土桧。海桧绝难致,凡人家所有,大抵土桧也。

晁以道为明州船场,日日平旦,具衣冠焚香占一卦。一日,有士人访之,坐间小雨,以道语之曰:"某今日占卦有折足之象,然非某也,客至者当之,必验无疑,君宜戒之。"士人辞去,至港口,践滑而仆,胫几折,疗治累月乃愈。

国初士大夫戏作语云:"眼前何日赤?腰下几时黄?"谓朱衣吏及金带也。宣和间,亲王公主及他近属戚里,入宫辄得金带关子。得者旋填姓名卖之,价五百千。虽卒伍屠酤,自一命以上皆可得。方腊破钱唐时,朔日,太守客次有服金带者数十人,皆朱勔家奴也。时谚曰:"金腰带,银腰带,赵家世界朱家坏。"

仁宗赐宗室名,太祖下曰"世",太宗下曰"仲",秦王下曰"叔",皆兄弟行,"世"即长也。其后"世"字之曾孙,又曰"伯",则失之。

淳熙己酉十月二十八日,车驾幸候潮门外大校场大阅。是日,上早膳毕出郊,从驾臣僚及应奉官并戎服抺带子著靴。大阅毕,丞相、亲王以下赐茶。是日驾出丽正门,入和宁门,沿路官司免起居。

建炎中,平江造战船,略计其费四百料。八艣战船长八丈,为钱一千一百五十九贯;四艣海鹘船长四丈五尺,为钱三百二十九贯。

荆公素轻沈文通,以为寡学,故赠之诗曰:"翛然一榻枕书卧,直到日斜骑马归。"及作文通墓志,遂云:"公虽不常读书。"或规之曰:"渠乃状元,此语得无过乎?"乃改"读书"作"视书"。又尝见郑毅夫《梦仙诗》曰:"授我碧简书,奇篆蟠丹砂。读之不可识,翻身凌紫霞。"大笑曰:"此人不识字,不勘自承。"毅夫曰:"不然,吾乃用太白诗语也。"公又笑曰:"自首减等。"

秘阁有端砚，上有绍兴御书一“顽”字。唐有准敕恶诗，今又有准敕顽砚耶。

潘子贱《题蔡奴传神》云：“嘉祐中，风尘中人亦如此。呜呼盛哉！”然蔡实元丰间人也。仇氏初在民间，生子为浮屠，曰了元，所谓佛印禅师也。已而为广陵人国子博士李问妾，生定；出嫁郜氏，生蔡奴。故京师人谓蔡奴为郜六。

绍圣、元符间，汪内相彦章有声太学，学中为之语曰：“江左二宝，胡伸、汪藻。”伸字彦时，亦新安人，终符宝郎。

曾文清夙兴诵《论语》一篇，终身未尝废。

先左丞言：荆公有《诗正义》一部，朝夕不离手，字大半不可辨。世谓荆公忽先儒之说，盖不然也。

靖康国破，二帝播迁，有小崔才人与广平郡王道君幼子名捷俱匿民间，已近五十日，虏亦不问。有从官馈以食，遂为人所发，亦不免，不十日虏去矣。城中士大夫可罪至此。

金贼劫迁宗室，我之有司不遗余力。然比其去，义士匿之获免者，犹七百人，人心可知。

国初，《韵略》载进士所习有《何论》一首，施肩吾《及第敕》亦列其所习《何论》一首。《何论》盖如“三杰佐汉孰优”、“四科取士何先”之类。

嘉兴人闻人茂德，名滋，老儒也。喜留客食，然不过蔬豆而已。郡人求馆客者，多就谋之。又多蓄书，喜借人。自言作门客，牙充书籍行，开豆腐羹店。予少时与之同在敕局，为删定官。谈经义滚滚不倦，发明极多，尤邃于小学云。

张芸叟过魏文贞公旧庄，居者犹魏氏也。为赋诗云：“破屋居人少，柴门春草长。儿童不识字，耕稼郑公庄。”此犹未失为农。神宗夜读《宋璟传》，贤其人，诏访其后，得于河朔，有裔孙曰宋立，遗像、谱牒、告身皆在。然宋立者，已投军矣。欲与一武官，而其人不愿，乃赐田十顷，免徭役杂赋云。其微又过于魏氏，言之可为流涕。

政和末，议改元，王黼拟用“重和”。既下诏矣，范致虚间白上曰：“此契丹号也。”故未几复改宣和。然宣和乃契丹宫门名，犹我之宣德门也,年名则实曰重熙。建中靖国后,虏避天祚嫌名,追谓重熙曰重和耳,不必避可也。

建炎维扬南渡时,虽甚苍猝,二府犹张盖搭狨坐而出,军民有怀砖狙击黄相者。既至临安,二府因言:"方艰危时,臣等当一切贬损。今张盖搭坐尚用承平故事,欲乞并权省去,候事平日依旧。"诏从之,实惩维扬事也。

林自为太学博士,上章相子厚启云:"伏惟门下相公,有猷有为,无相无作。"子厚在漏舍,因与执政语及,大骂云:"遮汉敢乱道如此!"蔡元度曰:"无相无作,虽出佛书,然荆公《字说》尝引之,恐亦可用。"子厚复大骂曰:"荆公亦不曾奉敕许乱道,况林自乎!"坐皆默然。

靖康末,括金赂虏,诏群臣服金带者权以通犀带易之,独存金鱼。又执政则正透,从官则倒透。至建炎中兴,朝廷草创,犹用此制。吕好问为右丞,特赐金带。高宗面谕曰:"此带朕自视上方工为之。"盖特恩也。绍兴三年,兵革初定,始诏依故事服金带。

建炎初,按景德幸澶州故事,置御营使,以丞相领之,执政则为副使。上御朝,御营使、副先上奏本司事,然后三省、密院相继奏事。其重如此。

张晋彦才气过人,然急于进取。子孝祥在西掖时,晋彦未老,每见汤岐公自荐。岐公戏之曰:"太师、尚书令兼中书令,是公合作底官职。余何足道!"所称之官,盖辅臣赠父官也,意谓安国且大用耳。晋彦终身以为憾。

绍兴末,巨公丁丑生者数人。或戏以衰健放榜,陈福公作魁,凌尚书景夏末名,张魏公黜落。

绍兴末,朝士多饶州人。时人语曰:"诸公皆不是痴汉。"又有监司发荐京官状,以关节,欲与饶州人。或规其当先孤寒,监司者愤然曰:"得饶人处且饶人。"时传以为笑。

王嘉叟自洪倅召为光禄丞,李德远亦召为太常丞。一日相遇于景灵幕次,李谓王曰:"见公告词云:'其镕月廪,仍褫身章。'谓通判借牙绯,入朝则服绿,又俸薄也。"王答之曰:"亦见君告词矣。"李曰:"云何?"曰:"具官李浩,但知健羡,不揍孤寒。既名右相之名,又字元枢之字。"盖谓史丞相、张魏公也,满座皆笑。

予去国二十七年复来,自周丞相子充一人外,皆无复旧人,虽吏胥亦无矣。惟卖卜洞微山人亡恙,亦不甚老,话旧怆然。西湖小昭庆僧了文,相别时未三十,意其尚存,因被命与奉常诸公同检视郊庙坛壝,过而访之,亦已下世。弟子出遗像,乃一老僧。使今见其人,亦不复省识矣。可以一叹。

晏尚书景初作一士大夫墓志,以示朱希真。希真曰:"甚妙,但似欠四字,然不敢以告。"景初苦问之,希真指"有文集十卷"字下曰:"此处欠。"又问:"欠何字?"曰:"当增'不行于世'四字。"景初遂增"藏于家"三字,实用希真意也。

秦会之丞相卒,魏道弼作参政,委任颇专,且大拜矣。翰苑欲先作白麻,又不能办,假手于士人陈丰。丰以其姓魏,遂以"晋绛和戎"对"郑公论谏"。久之,道弼出典藩,而沈守约、万俟元忠并拜左右揆。翰苑者仓猝取丰所作制以与沈公,而忘易晋绛、郑公之语。《实录》例载拜相麻,予在史院,欲删此一联,会去国不果。

陈福公长卿重厚粹美,有天人之相,然议者拟其少英伟之气。予为编修官时,一日,与沈持要、尹少稷见公于都堂阁。公忽盛怒曰:"张德远以元枢辄受三省枢密院诉牒,虽是勋德重望,亦岂当如此!"方言此时,精神赫然,目光射人。退以告朝士,皆云平生未尝见此公怒也。古人有贵在于怒者,此岂是耶?

李庄简公泰发奉祠还里,居于新河。先君筑小亭曰千岩亭,尽见南山。公来必终日,尝赋诗曰:"家山好处寻难遍,日日当门只卧龙。欲尽南山岩壑胜,须来亭上少从容。"每言及时事,往往愤切兴叹,谓秦相曰"咸阳"。一日来坐亭上,举酒属先君曰:"某行且远谪矣。咸阳尤忌者,某与赵元镇耳。赵既过峤,某何可免?然闻赵之闻命也,涕泣别子弟。某则不然,青鞋布袜,即日行矣。"后十余日,果有藤州之命。先君送至诸暨,归而言曰:"泰发谈笑慷慨,一如平日。问其得罪之由,曰不足问,但咸阳终误国家耳。"

张枢密子功,绍兴末还朝,已近八十,其辞免及谢表皆以属予。有一表用"飞龙在天"对"老骥伏枥",公皇恐,语周子充左史,托言于予，易此二句。周叩其故，则曰：“某方丐去，恐人以为志在千里也。”周笑解之曰：“所谓志千里者，正以老骥已不能行，故徒有千里之志耳。公虽筋力衰，岂无报国之志耶？”子功亦笑而止。盖其谨如此。又尝谓予曰：“先人有遗稿满箧，皆诸经训解，字画极难辨，惟某一人识之。若死，遂皆不传，岂容不呕归耶！”

汪廷俊从梁才甫辟为大名机幕，专委以修北京宫阙，凡五年乃成。岁一再奏功，辄躐迁数官。五年间，自宣教郎转至中奉大夫，其滥赏如此。

予在南郑，见西邮俚俗谓父曰老子，虽年十七八，有子亦称老子。乃悟西人所谓大范老子、小范老子，盖尊之以为父也。建炎初，宗汝霖留守东京，群盗降附者百余万，皆谓汝霖曰宗爷爷，盖此比也。

陈莹中迁谪后，为人作石刻，自称“除名勒停送廉州编管陈某撰”。刘季高得罪秦氏，坐赃废。后虽复官，去其左字，季高缄题及作文皆去左字，不以为愧。孙仲益亦坐以赃罪去左字，则但自称“晋陵孙某”而已，至绍兴末复左朝奉、郎，乃署衔。

予尝与查元章读《太宗实录》，有侯莫陈利用者。予问有对否，元章曰：“昨虏使有乌古论思谋可对也。”予曰：“虏人姓名，五字者固多矣。”元章曰：“不然，侯莫陈可析为三姓，乌古论亦然，故为工也。”

毛德昭名文，江山人，苦学至忘寝食，经史多成诵，喜大骂剧谈。绍兴初，招徕，直谏无所忌讳。德昭对客议时事，率不逊语，人莫敢与酬对，而德昭愈自若。晚来临安赴省试，时秦会之当国，数以言罪人，势焰可畏。有唐锡永夫者，遇德昭于朝天门茶肆中，素恶其狂，乃与坐，附耳语曰：“君素号敢言，不知秦太师如何？”德昭大骇，亟起掩耳，曰：“放气！放气！”遂疾走而去，追之不及。

北方多石炭，南方多木炭，而蜀又有竹炭，烧巨竹为之，易然无烟耐久，亦奇物。邛州出铁，烹炼利于竹炭，皆用牛车载以入城，予亲见之。

杜少陵在成都有两草堂，一在万里桥之西，一在浣花，皆见于诗中。万里桥故迹湮没不可见，或云房季可园是也。

蜀人爨薪，皆短而粗，束缚齐密，状如大饼饾。不可遽烧，必以斧破之,至有以斧柴为业者。孟蜀时,周世宗志欲取蜀,蜀卒涅面为斧形,号"破柴都"。

谢景鱼名沦涤砚法:用蜀中贡余纸,先去黑,徐以丝瓜磨洗,余渍皆尽,而不损砚。

青城山上官道人,北人也,巢居,食松耖,年九十矣。人有谒之者,但粲然一笑耳。有所请问,则托言病聩,一语不肯答。予尝见之于丈人观道院。忽自语养生曰:"为国家致太平,与长生不死,皆非常人所能。然且当守国使不乱,以待奇才之出,卫生使不夭,以须异人之至。不乱不夭,皆不待异术,惟谨而已。"予大喜,从而叩之,则已复言聩矣。

吕周辅言:东坡先生与黄门公南迁,相遇于梧、藤间。道旁有鬻汤饼者,共买食之,粗恶不可食。黄门置箸而叹,东坡已尽之矣。徐谓黄门曰:"九三郎,尔尚欲咀嚼耶?"大笑而起。秦少游闻之曰:"此先生饮酒,但饮湿法已。"

魏道弼参政使金人军中,抗辞不挠。虏酋大怒,欲于马前斩之,挥剑垂及颈而止,故道弼头微偏。

使虏,旧惟使副得乘车,三节人皆骑马。马恶则蹄啮不可羁,钝则不能行,良以为苦。淳熙己酉,完颜璟嗣伪位,始命三节人皆给车,供张饮食亦比旧加厚。

淳熙己酉,金国贺登宝位使,自云悟室之孙,喜读书。著作郎、权兵部郎官邓千里馆之。因游西湖,至林和靖祠堂,忽问曰:"林公尝守临安耶?"千里笑而已。

谢子肃使虏回,云:"虏廷群臣自徒单相以下,大抵皆白首老人。徒单年过九十矣。"又云:"虏姓多三两字,又极怪,至有姓斜卯者。"己酉春,虏移文境上曰:"皇帝生日,本是七月。今为南朝使人冒暑不便,已权改作九月一日。"其内乡之意,亦可嘉也。

杨廷秀在高安,有小诗云:"近红暮看失燕支,远白宵明雪色奇。花不见桃惟见李,一生不晓退之诗。"予语之曰:"此意古已道,但不如公之详耳。"廷秀愕然问:"古人谁曾道?"予曰:"荆公所谓'积李兮缟夜,崇桃兮炫昼'是也。"廷秀大喜曰:"便当增入小序中。"

卷第二

张廷老名珙,唐安江原人。年七十余,步趋拜起健甚。自言夙兴必拜数十,老人血气多滞,拜则支体屈伸,气血流畅,可终身无手足之疾。

鲁直在戎州,作乐府曰:"老子平生,江南江北,爱听临风笛。孙郎微笑,坐来声喷霜竹。"予在蜀见其稿。今俗本改"笛"为"曲"以协韵,非也。然亦疑"笛"字太不入韵。及居蜀久,习其语音,乃知泸、戎间谓笛为"独"。故鲁直得借用,亦因以戏之耳。

秦会之初得疾,遣前宣州通判李季设醮于天台桐柏观。季以善奏章自名。行至天姥岭下,憩小店中,邂逅一士人,颇有俊气,问季曰:"公为太师奏章乎?"曰:"然。"士人摇首曰:"徒劳耳。数年间,张德远当自枢府再相,刘信叔当总大兵捍边。若太师不死,安有是事耶?"季不复敢与语,即上车去,醮之。明日而闻秦公卒。

英州石山,自城中入钟山,涉锦溪,至灵泉,乃出石处,有数家专以取石为生。其佳者质温润苍翠,叩之声如金玉,然匠者颇阋之。常时官司所得,色枯槁,声如击朽木,皆下材也。

叶相梦锡尝守常州,民有比屋居者,忽作高屋,屋山覆盖邻家。邻家讼之,谓他日且占地。叶判曰:"东家屋被西家盖,仔细思量无利害。他时折屋别陈词,如今且以壁为界。"

蜀人任子渊好谑。郑宣抚刚中自蜀召归,其实秦会之欲害之也。郑公治蜀有惠政,人犹觊其复来,数日乃闻秦氏之指,人人太息。众中或曰:"郑不来矣。"子渊对曰:"秦少恩哉!"人称其敢言。

秦会之以孙女嫁郭知运,自答聘书曰:"某人东第华宗,南宫妙选,乃肯不卑于作赘,何辞可拒于盟言。"其夫人欲去"作赘"字,曰:"太恶模样。"秦公曰:"必如此,乃束缚得定。"闻者笑之。

张子韶对策有"桂子飘香"之语。赵明诚妻李氏嘲之曰:"露花倒影柳三变,桂子飘香张九成。"

王荆公作相，裁损宗室恩数，于是宗子相率马首陈状诉云："均是宗庙子孙，且告相公看祖宗面。"荆公厉声曰："祖宗亲尽，亦须祧迁，何况贤辈！"于是皆散去。

吕正献平章军国时，门下客因语次，或曰："嘉问败坏家法可惜。"公不答，客愧而退。一客少留，曰："司空尚能容吕惠卿，何况族党？此人妄意迎合，可恶也。"公又不答。既归，子弟请问二客之言如何，公亦不答。

西山十二真君各有诗，多训戒语，后人取为签，以占吉凶，极验。射洪陆使君庙以杜子美诗为签，亦验。予在蜀，以淳熙戊戌春被召，临行遣僧则华往求签。得《遣兴》诗曰："昔者庞德公，未曾入州府。襄阳耆旧间，处士节独苦。岂无济时策？终竟畏网罟。林茂鸟自归，水深鱼知聚。举家隐鹿门，刘表焉得取？"予读之惕然。顾迫贫从仕，又十有二年，负神之教多矣。

李知几少时，祈梦于梓潼神。是夕，梦至成都天宁观，有道士指织女支机石曰："以是为名字，则及第矣。"李遂改名石，字知幾。是举过省。

伯父通直公，字元长，病右臂，以左手握笔，而字法劲健过人。宗室不微亦然，然犹是自幼习之。梁子辅年且五十，中风，右臂不举，乃习用左手。逾年，作字胜于用右手时，遂复起作郡。

赵广，合淝人，本李伯时家小史。伯时作画，每使侍左右，久之遂善画，尤工作马，几能乱真。建炎中，陷贼。贼闻其善画，使图所掳妇人，广毅然辞以实不能画，胁以白刃，不从，遂断右手拇指遣去。而广平生实用左手。乱定，惟画观音大士而已。又数年，乃死。今士大夫所藏伯时观音，多广笔也。

禁中旧有丝鞋局，专挑供御丝鞋，不知其数。尝见蜀将吴珙被赐数百纳，皆经奉御者。寿皇即位，惟临朝服丝鞋，退即以罗鞋易之。遂废此局。

今上初即位，诏每月三日、七日、十七日、二十七日皆进素膳。

旧制：皇帝曰"御膳"，中宫曰"内膳"。自寿成皇后初立，恳辞内膳，诏权罢。今中宫因之。

驾头，旧以一老宦者抱绣裹兀子于马上，高庙时犹然。今乃代以阁门官，不知自何年始也。

王圣美子韶，元祐末以大蓬送北客至瀛。赐宴罢，有振武都头卒，不堪一行人须索，忽操白刃入研圣美。其子冒死直前护救，中三刀，左臂几断。虞候卒继至，伤者六人，死者一人，圣美脑及耳皆伤甚。明日，不能与虏使相见，告以冒风得疾。虏使戏之曰："曾服花蕊石散否？"

前辈传书，多用鄂州蒲圻县纸，云厚薄紧慢皆得中，又性与面黏相宜，能久不脱。

刘韶美在都下累年，不以家行，得俸专以传书。书必三本，虽数百卷为一部者亦然。出局则杜门校雠，不与客接。既归蜀，亦分作三船，以备失坏。已而行至秭归新滩，一舟为滩石所败，余二舟无他，遂以归普慈，筑阁贮之。

隆兴中，议者多谓文武一等，而辄为分别，力欲平之。有刘御带者，辄建言谓门状榜子，初无定制，且僧道职医皆用门状，而武臣非横行乃用榜子，几与胥史卒伍辈同。虽不施行，然哓哓久之乃已。

饶德操诗为近时僧中之冠。早有大志，既不遇，纵酒自晦，或数日不醒。醉时往往登屋危坐，浩歌恸哭，达旦乃下。又尝醉赴汴水。适遇客舟，救之获免。

徐师川长子璧，字待价，豪迈能文辞。尝作书万言，欲投匦，极言时政，无所讳避。师川偶见之，大惊，夺而焚之。早死。

王性之读书，真能五行俱下，往往他人才三四行，性之已尽一纸。后生有投贽者，且观且卷，俄顷即置之。以此人疑其轻薄，遂多谤毁，其实工拙皆能记也。既卒，秦熺方恃其父气焰熏灼，手书移郡，将欲取其所藏书，且许以官其子。长子仲信，名廉清，苦学有守，号泣拒之曰："愿守此书以死，不愿官也。"郡将以祸福诱胁之，皆不听。熺亦不能夺而止。

先君言：旧制，朝参拜舞而已，政和以后，增以喏。然绍兴中，予造朝，已不复喏矣。淳熙末还朝，则迎驾起居，阁门亦喝唱喏，然未尝出声也。又绍兴中，朝参止磬折遂拜，今阁门习仪，先以笏叩额，拜拜皆然,谓之瞻笏。亦不知起于何年也。

德拜宫、德寿殿二额,皆寿皇御书,旁署"臣某恭书"四字。今重华宫、重华殿二额,亦用此故事,今上御书。

予初见《梁·欧阳颜传》,称颜在岭南,多致铜鼓,献奉珍异;又云铜鼓累代所无。及予在宣抚司,见西南夷所谓铜鼓者,皆精铜,极薄而坚,文镂亦颇精,叩之冬冬如鼓,不作铜声。秘阁下古器库亦有二枚。此鼓南蛮至今用之于战阵、祭享。初非古物,实不足辱秘府之藏。然自梁时已珍贵之如此,不知何理也。

杜牧之作《范阳卢秀才墓志》曰:"生年二十,未知古有人曰周公、孔夫子者。"盖谓世虽农夫、卒伍,下至臧获,皆能言孔夫子,而卢生犹不知,所以甚言其不学也。若曰周公、孔子,则失其指矣。

《酉阳杂俎》云:"茄子一名落苏。"今吴人正谓之"落苏"。或云钱王有子跛足,以声相近,故恶人言茄子,亦未必然。

钱王名其居曰"握发殿",吴音"握"、"恶"相乱,钱塘人遂谓其处曰:"此钱大王恶发殿也。"

乾道末,夔路有部使者作《中兴颂》,刻之瞿唐峡峭壁上。明年峡涨,有龙起硖中,适碎石壁,亦可异也。方刻石时,有夔州司理参军以恩榜入官,权教授,出赋题曰:"歌颂大业刻金石。"或恶其佞,谓之曰:"韵脚当云:'老于文学,乃克为之。'"闻者为快。

秦会之当国,有殿前司军人施全者,伺其入朝,持斩马刀,邀于望仙桥下斫之,断轿子一柱而不能伤,诛死。其后秦每出,辄以亲兵五十人持挺卫之。初,斩全于市,观者甚众,中有一人,朗言曰:"此不了事汉,不斩何为?"闻者皆笑。

吕元直作相,治堂吏绝严。一日,有忤意者,遂批其颊。吏官品已高,惭于同列,乃叩头曰:"故事,堂吏有罪,当送大理寺准法行遣,今乃如苍头受辱。某不足言,望相公存朝廷事体。"吕大怒曰:"今天子巡幸海道,大臣皆著草屦行泥泞中,此何等时,汝乃要存事体?待朝廷归东京了,还汝事体未迟。"众吏相顾称善而退。

秦会之问宋朴参政曰:"某可比古何人?"朴遽对曰:"太师过郭子仪,不及张子房。"秦颇骇曰:"何故?"对曰:"郭子仪为宦者发其先墓,无如之何；今太师能使此辈屏息畏悼，过之远矣。然终不及子房者，子房是去得底勋业，太师是去不得底勋业。"秦拊髀太息曰："好。"遂骤荐用至执政。秦之叵测如此。

洪驹父窜海岛，有诗云："关山不隔还乡梦，风月犹随过海身。"

《北户录》云："岭南俗家富者，妇产三日或足月，洗儿，作团油饭，以煎鱼虾、鸡鹅、猪羊灌肠、蕉子、姜、桂、盐豉为之。"据此，即东坡先生所记盘游饭也。二字语相近，必传者之误。

护圣杨老说："被当令正方，则或坐或睡，更不须觅被头。"此言大是。又云："平旦粥后就枕，粥在腹中，暖而宜睡，天下第一乐也。"予虽未之试，然觉其言之有味。后读李端叔诗云："粥后复就枕，梦中还在家。"则固有知之者矣。

陂泽惟近时最多废。吾乡镜湖三百里，为人侵耕几尽。阆州南池亦数百里，今为平陆，只坟墓自以千计，虽欲疏浚复其故亦不可得，又非镜湖之比。成都摩诃池、嘉州石堂溪之类，盖不足道。长安民契券，至有云"某处至花萼楼，某处至含元殿"者，盖尽为禾黍矣。而兴庆池偶存十三，至今为吊古之地云。

故都时定器不入禁中，惟用汝器，以定器有芒也。

遂宁出罗，谓之越罗，亦似会稽尼罗而过之。耀州出青瓷器，谓之越器，似以其类余姚县秘色也，然极粗朴不佳，惟食肆以其耐久，多用之。

故都李和炒栗，名闻四方。他人百计效之，终不可及。绍兴中，陈福公及钱上阁出使虏庭，至燕山，忽有两人持炒栗各十裹来献，三节人亦人得一裹，自赞曰："李和儿也。"挥涕而去。

往时执政签书文字卒，著帽，衣盘领紫背子，至宣和犹不变也。

予童子时，见前辈犹系头巾带于前，作胡桃结。背子背及腋下皆垂带。长老言，背子率以紫勒帛系之，散腰则谓之不敬。至蔡太师为相，始去勒帛。又祖妣楚国郑夫人有先左丞遗衣一箧，裤有绣者，白地白绣，鹅黄地鹅黄绣，裹肚则紫地皂绣。祖妣云："当时士大夫皆然也。"

先左丞平居，朝章之外，惟服衫帽。归乡，幕客来，亦必著帽与坐，延以酒食。伯祖中大夫公每赴官，或从其子出仕，必著帽，遍别邻曲。民家或留以酒，亦为尽欢，未尝遗一家也。其归亦然。

成都诸名族妇女，出入皆乘犊车。惟城北郭氏车最鲜华，为一城之冠，谓之"郭家车子"。江渎庙西厢有壁画犊车，庙祝指以示予曰："此郭家车子也。"

吴幾先尝言："参寥诗云：'五月临平山下路，藕花无数满汀洲。'五月非荷花盛时，不当云'无数满汀洲。'"廉宣仲云："此但取句美，若云'六月临平山下路'，则不佳矣。"幾先云："只是君记得熟，故以五月为胜，不然止云六月，亦岂不佳哉！"

仲翼有书名，而前辈多以为俗，然亦以配周越。予尝见其飞白大字数幅，亦甚工，但诚不免俗耳。

慈圣曹太后工飞白，盖习观昭陵落笔也。先人旧藏一"美"字，径二尺许，笔势飞动，用慈寿宫宝。今不知何在矣。

贾表之名公望，文元公之孙也。资禀甚豪，尝谓仕宦当作御史，排击奸邪，否则为将帅攻讨羌戎，余不足为也。故平居惟好猎，常自饲犬。有妾焦氏者，为之饲鹰鹘。寝食之外，但治猎事，曰："此所以寓吾意也。"晚守泗州。翁彦国勤王不进，久留泗上。表之面叱责之，且约不复饷其军。彦国愧而去。及张邦昌伪赦至，率郡官哭于天庆观圣祖殿，而焚其赦书伪命，卒不能越泗而南。所试才一郡，而所立如此。许、颍之间猎徒谓之贾大夫云。

淮南谚曰："鸡寒上树，鸭寒下水。"验之皆不然。有一媪曰："鸡寒上距，鸭寒下嘴耳。"上距谓缩一足，下嘴谓藏其喙于翼间。

陈亚诗云："陈亚今年新及第，满城人贺李衙推。"李乃亚之舅，为医者也。今北人谓卜相之士为巡官。巡官，唐、五代郡僚之名。或谓以其巡游卖术，故有此称。然北方人市医皆称衙推，又不知何谓。

《字说》盛行时，有唐博士耜、韩博士兼，皆作《字说解》数十卷，太学诸生作《字说音训》十卷；又有刘全美者，作《字说偏旁音释》一卷、《字说备检》一卷，又以类相从为《字会》二十卷。故相吴元中试辟雍程文，尽用《字说》，特免省。门下侍郎薛肇明作诗奏御，亦用《字说》中语。予少时见族伯父彦远《和霄字韵诗》云："虽贫未肯气如霄。"人莫能晓。或叩之，答曰："此出《字说》霄字，云：凡气升此而消焉。"其奥如此。乡中前辈胡浚明尤酷好《字说》，尝因浴出，大喜曰："吾适在浴室中有所悟，《字说》直字云：在隐可使十目视者直。吾力学三十年，今乃能造此地。"近时此学既废，予平生惟见王瞻叔参政笃好不衰。每相见，必谈《字说》，至暮不杂他语；虽病，亦拥被指画诵说，不少辍。其次，晁子止侍郎亦好之。

先伯祖中大夫平生好墨成癖，如李庭邦、张遇以下，皆有之。李黄门邦直在真定，尝寄先左丞以陈赡墨四十笏，尽以为伯祖寿。晚年择取尤精者，作两小箧，常置卧榻，爱护甚至。及下世，右司伯父举箧以付通判叔父，曰："先人所宝，汝宜谨藏之。"不取一笏也。

承平时，滑州冰堂酒为天下第一，方务德家有其法。

亳州太清宫桧至多。桧花开时，蜜蜂飞集其间，不可胜数。作蜜极香而味带微苦，谓之桧花蜜，真奇物也。欧阳公守亳时，有诗曰："蜂采桧花村落香。"则亦不独太清而已。

柳子厚诗云："海上尖山似剑铓，秋来处处割愁肠。"东坡用之云："割愁还有剑铓山。"或谓可言"割愁肠"，不可但言"割愁"。亡兄仲高云："晋张望诗曰：'愁来不可割。'此'割愁'二字出处也。"

字所以表其人之德，故儒者谓夫子曰仲尼，非嫚也。先左丞每言及荆公，只曰介甫。苏季明书张横渠事，亦只曰子厚。

唐道士侯道华喜读书，每语人曰："天上无凡俗仙人。"此妙语也。仙传载：有遇神仙，得仙乐一部，使献诸朝，曰："以此为大唐正始之音。"又有僧契虚遇异境，有人谓之曰："此稚川仙府也。"正始乃年号，稚川乃人字，而其言乃如此，岂道华所谓"凡俗仙人"耶？

崇宁间初兴学校，州郡建学，聚学粮，日不暇给。士人入辟雍，皆给券，一日不可缓，缓则谓之害学政，议罚不少贷。已而置居养院、安济坊、漏泽园，所费尤大。朝廷课以为殿最，往往竭州郡之力，仅能枝梧。谚曰："不养健儿，却养乞儿。不管活人，只管死尸。"盖军粮乏，民力穷，皆不问，若安济等有不及，则被罪也。其后少缓，而神霄宫事起，土木之工尤盛。群道士无赖，官吏无敢少忤其意。月给币帛、朱砂、纸笔、沉香、乳香之类，不可数计，随欲随给。又久之，而北取燕、蓟，调发非常，动以军期为言。盗贼大起，驯至丧乱，而天下州郡又皆添差，归明官一州至百余员，通判、钤辖多者至十余员云。

本朝废后入道，谓之"教主"。郭后曰金庭教主，孟后曰华阳教主，其实乃一师号耳。政和后，群黄冠乃敢上道君尊号曰教主，不祥甚矣。孟后在瑶华宫，遂去教主之称，以避尊号。吁，可怪也！

靖康初，京师织帛及妇人首饰衣服，皆备四时。如节物则春旛、灯球、竞渡、艾虎、云月之类，花则桃、杏、荷花、菊花、梅花，皆并为一景，谓之一年景。而靖康纪元果止一年，盖服妖也。

卷第三

　　任元受事母尽孝，母老多疾病，未尝离左右。元受自言："老母有疾，其得疾之由，或以饮食，或以燥湿，或以语话稍多，或以忧喜稍过。尽言皆朝暮候之，无毫发不尽，五脏六腑中事皆洞见曲折，不待切脉而后知，故用药必效，虽名医不迨也。"张魏公作都督，欲辟之入幕，元受力辞曰："尽言方养亲，使得一神丹可以长年，必持以遗老母，不以献公。况能舍母而与公军事耶？"魏公太息而许之。

　　僧法一、宗杲自东都避乱渡江，各携一笠。杲笠中有黄金钗，每自检视。一伺知之。杲起奏厕，一亟探钗掷江中。杲还，亡钗，不敢言而色变。一叱之曰："与汝共学了生死大事，乃眷眷此物耶？我适已为汝投之江流矣。"杲展坐具，作礼而行。

　　今人谓贱丈夫曰"汉子"，盖始于五胡乱华时。北齐魏恺自散骑常侍迁青州长史，固辞。文宣帝大怒曰："何物汉子，与官不受！"此其证也。承平日，有宗室名宗汉，自恶人犯其名，谓"汉子"曰"兵士"，举宫皆然。其妻供罗汉，其子授《汉书》，宫中人曰："今日夫人召僧供十八大阿罗兵士，大保请官教点《兵士书》。"都下哄然传以为笑。

　　会稽天宁观老何道士喜栽花酿酒以延客，居于观之东廊。一日，有道人状貌甚伟，款门求见。善谈论，喜作大字，何欣然接之，留数日乃去。未几，有妖人张怀素号落托者谋乱，乃前日道人也。何亦坐系狱，以不知谋得释。自是畏客如虎，杜门绝往还。忽有一道人，亦美风表，多技术，观之西廊。道士曰："张若水介之来谒。"何大怒曰："我坐接无赖道人，几死于囹圄，岂敢复见汝耶！"因大骂，阖扉拒之。而此道人盖永嘉人林灵噩也。旋得幸，贵震一时，赐名灵素，平日一饭之恩必厚报之。若水乘驿赴阙，命以道官，至蕊珠殿校籍，视殿修撰，父赠朝奉大夫，母封宜人。而老何以尝骂之，朝夕忧惧。若水为挥解，且以书慰解之，始少安。观中人至今传笑。

　　老叶道人，龙舒人。不食五味，年八十七八，平生未尝有疾。居会稽舜山，天将寒，必增屋瓦，补墙壁，使极完固。下帷设帘，多储薪炭，杜门终日，及春乃出。对客庄敬，不肯多语。弟子曰小道人，极愿悫，尝归淮南省亲。至七月望日，邻有住庵僧，召老叶饭。饭已，亟辞归。问其故，则曰：“小道人约今日归矣。”僧笑曰：“相去二三千里，岂能必如约哉！”叶曰：“不然，此子平日未尝妄也。”僧乃送之归。及门，小道人者已弛担矣。予识之已久，每访之，殊无他语。一日，默作意，欲叩其所得，才入门，即引入卧内，烧香，具道其遇师本末，若先知者，亦异矣夫。

韩退之诗云：“夕贬潮阳路八千。”欧公云：“夷陵此去更三千。”谓八千里、三千里也。或以为歇后，非也。《书》：“弼成五服，至于五千。”注云：“五千里。”《论语》冉有曰：“方六七十，如五六十。”注亦云：“六七十里，五六十里”也。

秦会之有十客：曹冠以教其孙为门客，王会以妇弟为亲客，郭知运以离婚为逐客，吴益以爱婿为娇客，施全以剚刃为刺客，李季以设醮奏章为羽客，某人以治产为庄客，丁禩以出入其家为狎客，曹泳以献计取林一飞还作子为说客。初止有此九客耳。秦既死，葬于建康，有蜀人史叔夜者，怀鸡絮，号恸墓前，其家大喜，因厚遗之，遂为吊客，足十客之数。

乡里前辈虞少崔言，得之傅丈子骏云：“《洪范》‘无偏无党，王道荡荡；无党无偏，王道平平；无反无侧，王道正直。会其有极，归其有极’八句，盖古帝王相传以为大训，非箕子语也。至‘曰皇极之敷言’，以‘曰’发之，则箕子语。”傅丈博极群书，少崔严重不安。恨予方童子，不能详叩尔。

辛参政企李守福州，有主管应天启运宫内臣武师说，平日郡中待之与监司等。企李初视事，谒入，谓客将曰：“此特竖珰耳，待以通判，已是过礼。”乃令与通判同见。明日，郡官朝拜神御，企李病足，必扶掖乃能拜。既入，至庭下，师说忽叱候卒退曰：“此神御殿也。”企李不为动，顾卒曰：“但扶，自当具奏。”雍容终礼。既退，遂奏待罪。朝廷为降师说为泉州兵官云。

秦会之初赐居第时，两浙转运司置一局曰箔场，官吏甚众，专应副赐第事。自是讫其死，十九年不罢，所费不可胜计。其孙女封崇国夫人者，谓之童夫人，盖小名也。爱一狮猫，忽亡之，立限令临安府访求。及期，猫不获，府为捕系邻居民家，且欲劾兵官。兵官惶恐，步行求猫。凡狮猫悉捕致，而皆非也。乃赂入宅老卒，询其状，图百本，于茶肆张之。府尹因嬖人祈恳乃已。其子熺，十九年间无一日不锻酒器，无一日不背书画碑刻之类。

张文潜言："王中父诗喜用助语，自成一体。"予按，韩少师持国亦喜用之，如"酒成岂见甘而坏，花在须知色即空"；"居仁由义吾之素，处顺安时理则然"；"不尽良哉用，空令识者伤"；"用舍时焉耳，穷通命也欤"。

岑参在西安幕府，诗云："那知故园月，也到铁关西。"韦应物作郡时，亦有诗云："宁知故园月，今夕在西楼。"语意悉同，而豪迈闲澹之趣居然自异。

童贯既有诏诛之命，御史张达明持诏行。将至南雄州，贯在焉。达明恐其闻而引决，则不及正典刑，乃先遣亲事官一人，驰往见贯，至则通谒拜贺于庭。贯问故，曰："有诏遣中使赐茶药，宣诏大王赴阙，且闻已有河北宣抚之命。"贯问："果否？"对曰："今将帅皆晚进，不可委寄，故主上与大臣熟议，以有威望习边事，无如大王者，故有此命。"贯乃大喜，顾左右曰："又却是少我不得。"明日达明乃至，诛之。贯既伏诛，其死所忽有物在地，如水银镜，径三四尺，俄而敛缩不见。达明复命函贯首自随，以生油、水银浸之，而以生牛皮固函。行一二日，或言胜捷兵有死士欲夺贯首，达明恐亡之，乃置首函于竹轿中，坐其上。然所传盖妄也。

张达明虽早历清显，致位纲辖，然未尝更外任。奉祠居临川，郡守月旦谒之，达明见其骈导，叹曰："人生五马贵。"

阮裕云："非但能言人不可得，正索解人亦不可得。"吕居仁用此意作诗云："好诗正似佳风月，解赏能知已不凡。"

汤岐公自行宫留守出守会稽，朝士以诗送行甚众。周子充在馆中，亦有诗而亡之。岐公以书再求曰："顷蒙赠言，乃为或者藏去。"子充极爱其遣辞之婉。

黄鲁直有日记，谓之《家乘》，至宜州犹不辍书。其间数言信中者，盖范寥也。高宗得此书真本，大爱之，日置御案。徐师川以鲁直甥召用，至翰林学士。上从容问信中谓谁。师川对曰："岭外荒陋无士人，不知何人。或恐是僧耳。"寥时为福建兵钤，终不能自达而死。

范寥言：鲁直至宜州，州无亭驿，又无民居可僦，止一僧舍可寓，而适为崇宁万寿寺，法所不许，乃居一城楼上，亦极湫隘，秋暑方炽，几不可过。一日忽小雨，鲁直饮薄醉，坐胡床，自栏楯间伸足出外以受雨，顾谓寥曰："信中，吾平生无此快也。"未几而卒。

华州以华山得名，城中乃不见华山，而同州见之。故华人每曰："世间多少不平事，却被同州看华山。"张芸叟守同，尝用此语作绝句，后二句云："我到左冯今一月，何曾得见好屏颜。"盖同州亦登高乃见之尔。

淳化中，命李至、张洎、张佖、宋白修《太祖国史》。久之，仅进《帝纪》一卷而止。咸平中，又命宋白、宋湜、舒雅、吴淑修《太祖国史》，亦终不成。元丰中，命曾巩独修《五朝国史》，责任甚专，然亦仅进《太祖纪叙论》一篇，纪亦未及进，而巩以忧去，史局遂废。

僧行持，明州人，有高行，而喜滑稽。尝住余姚法性，贫甚，有颂曰："大树大皮裹，小树小皮缠。庭前紫荆树，无皮也过年。"后住雪窦，雪窦在四明，与天童、育王俱号名刹。一日，同见新守，守问天童觉老："山中几僧？"对曰："千五百。"又以问育王谌老，对曰："千僧。"末以问持，持拱手曰："百二十。"守曰："三刹名相亚，僧乃如此不同耶？"持复拱手曰："敝院是实数。"守为抚掌。

处士李璞居寿春县，一日登楼，见淮滩雷雨中一龙腾拏而上。雨霁，行滩上，得一蚌颇大。偶拾视之，其中有龙蟠之迹宛然，鳞鬣爪角悉具。先君尝亲见之。

晏安恭为越州教授，张子韶为金判。晏美髯，人目之为晏胡。一日，同赴郡集，晏最末至，张戏之曰："来何晏乎？"满座皆笑。

晏景初尚书请僧住院，僧辞以穷陋不可为。景初曰："高才固易耳。"僧曰："巧妇安能作无面汤饼乎？"景初曰："有面则拙妇亦办矣。"僧惭而退。

蜀俗厚。何耕类省试卷中有云:"是何道也夫。"道夫,耕字也。初未必有心,耕有时名,会有司亦自奇其文,遂以冠蜀士。士亦皆以得人相贺,而不议其偶近暗号也。师浑甫本名某,字浑甫。既拔解,志高退,不赴省试。其弟乃冒其名以行,不以告浑甫也。俄遂登第,浑甫因以字为名,而字伯浑,人人尽知之。弟仕亦至郡倅,无一人议之者。此事若在闽、浙,讼诉纷然矣。

杜起莘自蜀入朝,不以家行。高庙闻其清修独处,甚爱之。一日因得对,褒谕曰:"闻卿出局,即蒲团、纸帐,如一行脚僧,真难及也。"起莘顿首谢。未几,遂擢为谏官。张真父戏之曰:"吾蜀人如刘韶美、冯圜仲及仆,盖皆无妻妾,块然独处,与君等耳。君乃独以此见知得拔擢,何也? 当挝登闻鼓诉之。"因相与大笑而罢。起莘方为言事官,而真父戏之如此,虽真父豪气盖一时,亦可见向来风俗之厚。

吴人谓杜宇为"谢豹"。杜宇初啼时,渔人得虾曰"谢豹虾",市中卖笋曰"谢豹笋"。唐顾况《送张卫尉诗》曰:"绿树村中谢豹啼。"若非吴人,殆不知谢豹为何物也。

徽宗南幸还,至泗州僧伽塔下,问主僧曰:"僧伽傍白衣持锡杖者何人?"对曰:"是名木义,盖僧伽行者。"上曰:"可赐度牒与披剃。"

宣和中,保和殿下种荔枝成实,徽庙手摘以赐燕帅王安中,且赐以诗曰:"保和殿下荔枝丹,文武衣冠被百蛮。思与近臣同此味,红尘飞鞚过燕山。"

泸州自州治东出芙蕖桥,至大楼曰南定,气象轩豁。楼之右,缭子城数十步,有亭,盖梁子辅作守时所创,正面南下临大江,名曰来风亭。亭成,子辅日枕簟其上,得末疾,归双流。蜀人谓亭名有征云。

筇竹杖蜀中无之,乃出徼外蛮峒。蛮人持至泸、叙间卖之,一枝才四五钱。以坚润细瘦、九节而直者为上品。蛮人言语不通,郡中有蛮判官者为之贸易。蛮判官盖郡吏,然蛮人慴服,惟其言是听。太不直则亦能群讼于郡庭而易之。予过叙,访山谷故迹于无等佛殿。西庑有一堂,群蛮聚博其上。骰子亦以骨为之,长寸余而匾,状若牌子,折竹为筹,以记胜负。剧呼大笑,声如野兽,宛转毡上,其意甚乐。椎髻獠面,几不类人。见人亦不顾省。时方五月中,皆被毡毳,臭不可迩。

孔安国《尚书序》言："为隶古定，更以竹简写之。"隶为隶书，古为科斗。盖前一简作科斗，后一简作隶书，释之以便读诵。近有善隶者，辄自谓所书为隶古，可笑也。

宣和间，虽风俗已尚谄谀，然犹趣简便，久之乃有以骈俪笺启与手书俱行者。主于笺启，故谓手书为小简，然犹各为一缄。已而或厄于书吏，不能俱达，于是骈缄之，谓之双书。绍兴初，赵相元镇贵重，时方多故，人恐其不暇尽观双书，乃以爵里或更作一单纸，直叙所请而并上之，谓之品字封。后复止用双书，而小简多其幅至十幅。秦太师当国，有谄者尝执政矣，出为建康留守，每发一书，则书百幅，择十之一用之。于是不胜其烦，人情厌患，忽变而为札子，众稍便之。俄而札子自二幅增至十幅，每幅皆具衔，其烦弥甚。而谢贺之类为双书自若。绍兴末，史魏公为参政，始命书吏镂版从邸吏告报，不受双书，后来者皆循为例，政府双书遂绝。然笺启不废，但用一二矮纸密行细书，与札子同，博封之，至今犹然。然外郡则犹用双书也。

元丰中，王荆公居半山，好观佛书，每以故金漆版书藏经名，遣人就蒋山寺取之。人士因有用金漆版代书帖与朋侪往来者。已而苦其露泄，遂有作两版相合，以片纸封其际者。久之，其制渐精。或又以缣囊盛而封之。南人谓之简版，北人谓之牌子。后又通谓之简版，或简牌。予淳熙末还朝，则朝士乃以小纸高四五寸、阔尺余相往来，谓之手简。简版几废，市中遂无卖者。而纸肆作手简卖之，甚售。

士大夫交谒，祖宗时用门状，后结牒"右件如前谨牒"，若今公文，后以为烦而去之。元丰后，又盛行手刺，前不具衔，止云："某谨上。谒某官。某月日。"结衔姓名，刺或云状。亦或不结衔，止书郡名，然皆手书，苏、黄、晁、张诸公皆然。今犹有藏之者。后又止行门状，或不能一一作门状，则但留语阍人云："某官来见。"而苦于阍人匿而不告，绍兴初乃用榜子，直书衔及姓名，至今不废。

石藏用名用之，高医也。尝言今人禀赋怯薄，故按古方用药多不能愈病；非独人也，金石草木之药亦皆比古力弱，非倍用之不能取效。故藏用以喜用热药得谤，群医至为谣言曰："藏用檐头三斗火。"人或畏之。惟晁之道大喜其说，每见亲友蓄丹，无多寡，尽取食之，或不待告主人。主人惊骇，急告以不宜多服。之道大笑不顾，然亦不为害，此盖禀赋之偏，他人不可效也。晚乃以盛冬伏石上书丹，为石冷所逼，得阴毒伤寒而死。

予族子相，少服兔丝子凡数年，所服至多，饮食倍常，气血充盛。忽因浴，去背垢者告以背肿。急视之，随视随长，赤嫩异常，盖大疽也。适四、五月间，金银藤开花时，乃大取，依良方所载法饮之。两日至数斤，背肿消尽。以此知非独金石不可妄服，兔丝过饵亦能作疽如此，不可不戒。

初虞世字和甫，以医名天下。元符中，皇子邓王生月余，得痫疾，危甚，群医束手，虞世独以为必无可虑。不三日，王薨。信乎医之难也。

佛经戒比丘非时食，盖其法过午则不食也。而蜀僧招客，暮食谓之非时。董仲舒三年不窥园，谓勤苦不游嬉也。馆中著庭有园，每会饭罢，辄相语曰："今日窥园乎？"此二事甚相类。

范丞相觉民拜参知政事时，历任未尝满一考。

宣和中，百司庶府悉有内侍官为承受，实专其事，长贰皆取决焉。梁师成为秘书省承受，坐于长贰之上。所不置承受者，三省、密院、学士院而已。

赵高为中丞相，龚澄枢为内太师，犹稍与外庭异。童贯真为太师，领枢密院，振古所无。

吴玠守蜀，如和尚原、杀金平、仙人原、潭毒阙之类，皆创为控扼之地，古人所未尝知，可谓名将矣。

蜀孟氏时，苑中忽生百合花一本，数百房，皆并蒂。图其状于圣寿寺门楼之东颊壁间，谓之《瑞百合图》，至今尚存。乃知草木之妖，无世无之。

曹孝忠者，以医得幸。政和、宣和间，其子以翰林医官换武官，俄又换文，遂除馆职。初，蜀人谓气风者为云，画家所谓赵云子是矣。至是京师市人亦有此语。馆中会语及宸翰，或谓曹氏子曰："计公家富有云汉之章也。"曹忽大怒曰："尔便云汉！"坐皆惘然，而曹肆骂不已。事闻，复还右选，除阁门官。

宣和末，妇人鞋底尖以二色合成，名"错到底"，竹骨扇以木为柄，旧矣，忽变为短柄，止插至扇半，名"不彻头"，皆服妖也。

种彝叔，靖康初以保静节钺致仕，居长安村墅。一夕，旌节有声，甚异，旦而中使至，遂起。五代时，安重诲、王峻皆尝有此异，见《周太祖实录》，二人者皆得祸。彝叔虽自是登枢府，然功名不成，亦非吉兆也。方彝叔赴召时，有华山道人献诗曰："北蕃群犬窥篱落，惊起南朝老大虫。"

崇宁中，长星出，推步躔度长七十二万里。

卷第四

谒丞相,虽三公亦入客次。故相入朝,以经筵或内祠奉朝请;班退,亦与从官同,卷班而出。三公无班,若不秉政,惟立使相班,与贵戚诸人杂立。

故相、前执政入朝,当张盖,史魏公始撤去。见任执政为宣抚使,旧用札子,关三省、枢密院押字而已,王公明参政始改用申状。

百官入殿门,阁门辄促之曰:"那行。那去声,若云糯。"予去国二十七年复还,朝仪寝有不同,唯此声尚存。

四川宣抚使置司利州或兴元府,以见任执政为之,而成都自置四川制置使。制置使移文宣抚司,当用申状,而倔强不伏。又以见任执政无用牒之理,于是但为申宣抚某官,不肯申宣抚司。此当拒而不受,或闻之朝廷,而宣抚使依违不能问也。

李公择、孙莘老平时至相亲厚,皆终于御史中丞。元祐五年二月二日,公择卒;三日,莘老卒,先后才一日。

曾子宣以大观元年八月二日卒,其弟子开以三日卒,先后才一日。

蔡京祖某、父准及京,皆以七月二十一日卒,三世同忌日。

张文潜三子:秬、秸、和,皆中进士第。秬、秸在陈死于兵;和为陕府教官,归葬二兄,复遇盗见杀,文潜遂亡后,可哀也。

予年十余岁时,见郊野间鬼火至多,麦苗稻穗之杪往往出火,色正青,俄复不见。盖是时去兵乱未久,所谓人血为磷者,信不妄也。今则绝不复见,见者辄以为怪矣。

太母,祖母也,犹谓祖为大父。熙宁、元丰间称曹太皇为太母。元祐中,称高太皇为太母,皆谓帝之祖母尔。元符中谓向太后为太母,绍兴中谓韦太后为太母,则非矣。

宣和末,郑伸自检校太师,忽落检校为真太师,国初以来所无有也。

　　曹佾以太皇太后之弟，且英宗受天下于仁祖，故神庙所以养慈圣、光献者，备极隆厚，佾官至中书令，会慈圣上仙，佾解官行服。服阕，当还故官，而官制行使相不带三省长官，例换开府仪同三司，于是特封佾济阳郡王。及薨，追封沂王。外戚封王，自佾始。然佾之例，后岂可用哉？

　　建炎大驾南渡后，每边事危急，则住常程，谓专治军旅，其他皆权止施行。又急则放百司，谓官吏权听自便。幸明州时，吕相欲并从官听自便，高宗不可，乃止。

　　建炎初，大驾驻跸南京、扬州，而东京置留守司。则百司庶府为二：其一曰"在京某司"，其一曰"行在某司"。其后大驾幸建康、会稽，而六宫往江西，则亦分为二：曰"行在某司"、"行宫某司"。已而大驾幸建康，六宫留临安，则建康为行在，临安为行宫。今东京阻隔，而临安官司犹曰"行在某司"，示不忘恢复也。

　　郭子仪三十年无缌麻服，人或疑其不然。安厚卿枢密逾二纪无功缌之戚，乃近岁事也。

　　故都紫霞殿有二金狻猊，盖香兽也。故晏公《冬宴诗》云："狻猊对立香烟度，鸂鶒交飞组绣明。"今宝玉大弓之盗未得，而奉使至虏庭，率见之，真卿大夫之辱也。

　　南齐胡谐之谮梁州刺史范柏年于武帝曰："欲擅一州。"柏年已受代，帝欲不问。谐之曰："见虎格得而放上山。"于是赐死。绍圣中，谪元祐大臣过岭，吕吉甫闻之，嘻笑曰："捕得黄巢，笞而遣之。"

　　颜夷仲为少蓬，尚无出身，久之乃赐第，除西掖。

　　予在严州时，得陆海军节度使印，藏军资库，盖节度使郑翼之所赐印也。翼之南渡后死。

　　辰、沅、靖州蛮有犵狑，有犵獠，有犵榄，有犵獲，有山猺，俗亦土著，外愚内黠，皆焚山而耕，所种粟豆而已。食不足则猎野兽，至烧龟蛇啖之。其负物则少者轻，老者重，率皆束于背，妇人负者尤多。男未娶者，以金鸡羽插髻；女未嫁者，以海螺为数珠挂颈上。嫁娶先密约，乃伺女于路，劫缚以归。亦忿争叫号求救，其实皆伪也。生子乃持牛酒拜女父母。初亦阳怒却之，邻里共劝，乃受。饮酒以鼻，一饮至数升，名钩藤酒，不知何物。醉则男女聚而踏歌。农隙时至一二百人为曹，手相握而歌，数人吹笙在前导之。贮缸酒于树阴，饥不复食，惟就缸取酒恣饮，已而复歌。夜疲则野宿。至三日未厌，则五日，或七日方散归。上元则入城市观灯。呼郡县官曰大官，欲人谓已为足下，否则怒。其歌有曰："小娘子，叶底花，无事出来吃盏茶。"盖《竹枝》之类也。诸蛮惟犵狑颇强习战斗，他时或能为边患。

童贯平方寇时，受富民献遗。文臣曰"上书可采"，武臣曰"军前有劳"，并补官，仍许磨勘，封赠为官户。比事平，有司计之，凡四千七百人有奇。

吴元中丞相在辟雍，试经义五篇，尽用《字说》，援据精博。蔡京为进呈，特免省赴廷试，以为学《字说》之劝。及作相，上章乞复《春秋》科，反攻王氏。徐择之时为左相，语人曰："吴相此举，虽汤、武不能过。"客不解。择之曰："逆取而顺守。"元中甚不能平。

姚平仲谋劫虏寨，钦庙以询种彝叔，彝叔持不可甚坚。及平仲败，彝叔乃请速再击之，曰："今必胜矣。"或问："平仲之举为虏所笑，奈何再出？"彝叔曰："此所以必胜也。"然朝廷方上下震惧，无能用者。彝叔可谓知兵矣。

綦翰林叔厚《谢宫祠表》云："杂宫锦于渔蓑，敢忘君赐；话玉堂于茅舍，更觉身荣。"时叹其工。又有一表云："欲挂衣冠，尚低回于末路；未先犬马，傥邂逅于初心。"尤佳。

秘书新省成，徽庙临幸，孙叔诣参政作贺表云："蓬莱道山，一新群玉之构；勾陈羽卫，共仰六飞之临。"同时无能及者。

钱逊叔侍郎，少时溯汴，舟败溺水，流二十里，遇救得不死，旬日犹苦腰痛，不悟其故。视之，有手迹大如扇，色正青，五指及掌宛然可识，若擎其腰间者。此其所以不死也耶？

辽相李俨作《黄菊赋》，献其主耶律弘基。弘基作诗题其后以赐之，云："昨日得卿《黄菊赋》，碎剪金英填作句。袖中犹觉有余香，冷落西风吹不去。"

会稽法云长老重喜，为童子时，初不识字，因埽寺廊，忽若有省，遂能诗。其警句云："地炉无火客囊空，雪似杨花落岁穷。拾得断麻缝坏衲,不知身在寂寥中。"程公辟修撰守会稽,闻喜名,一日召之与游蕺山上方院,索诗。喜即吟云:"行到寺中寺,坐观山外山。"盖戏用公辟体也。

吕吉甫在北都,甚爱晁之道。之道方以元符上书谪官,吉甫不敢荐,谓曰:"君才如此,乃自陷罪籍,可惜也。"之道对曰:"咏之无他,但没著文章处耳。"其忮气不挠如此。

晁之道与其弟季比同应举,之道独拔解。时考试官葛某眇一目,之道戏作诗云:"没兴主司逢葛八,贤弟被黜兄荐发。细思堪羡又堪嫌,一壁有眼一壁瞎。"

张文潜生而有文在其手,曰"耒",故以为名,而字文潜。

张文潜《虎图诗》云:"烦君卫吾寝,起此蓬荜陋。坐令盗肉鼠,不敢窥白昼。"讥其似猫也。

白乐天有《忠州木莲》诗。予游临邛白鹤山寺,佛殿前有两株,其高数丈,叶坚厚如桂,以仲夏发花,状如芙蕖,香亦酷似。寺僧云:"花拆时有声如破竹。"然一郡止此二株,不知何自至也。成都多奇花,亦未尝见。

旧制,两省中书在门下之上,元丰易之。

旧制,丞相署敕皆著姓,官至仆射则去姓。元丰新制,以仆射为相,故皆不著姓。

徐敦立言:往时士大夫家,妇女坐椅子、兀子,则人皆讥笑其无法度。梳洗床、火炉床家家有之,今犹有高镜台,盖施床则与人面适平也。或云禁中尚用之,特外间不复用尔。

顷岁驳放秦埙等科名,方集议时,中司误。以"驳"为剥。众虽知其非,畏中司者护前,遂皆书曰"剥",可以一笑。

余深罢相,居福州,第中有荔枝,初实绝大而美,名曰"亮功红"。"亮功"者,深家御书阁名也。靖康中,深谪建昌军。既行,荔枝不复实。明年,深归,荔枝复如故。乃知世间富贵人,皆有阴相之者。

绍圣中,蔡京馆辽使李俨,盖泛使者,留馆颇久。一日,俨方饮,忽持盘中杏曰:"来未花开,如今多幸。"京即举梨谓之曰:"去虽叶落,未可轻离。"

宣和末，黄安时曰："乱作不过一二年矣。天使蔡京八十不死，病亟复苏，是将使之身受祸也。天下其能久无事乎！"

唐拾遗耿纬《下邽喜叔孙主簿郑少府见过》诗云："不是仇梅至，何人问百忧。"苏子由作绩溪令时，有《赠同官》诗云："归报仇梅省文字，麦苗含穟欲蚕眠。"盖用纬语也。近岁，均州版本辄改为"仇香"。

僧宗昂住会稽能仁寺。有故相寓寺中，已而复相，宗昂被敕住持。郎官马子约题诗法堂壁间曰："十年衰病卧林泉，鹓鹭群飞竞刺天。黄纸除书犹到汝，固知清世不遗贤。"

慎东美字伯筠，秋夜待潮于钱塘江，沙上露坐，设大酒樽，怀一杯，对月独饮，意象傲逸，吟啸自若。顾子敦适遇之，亦怀一杯，就其樽对酌。伯筠不问，子敦亦不与之语。酒尽，各散去。伯筠工书，王逢原赠之诗，极称其笔法，有曰："铁索急缠蛟龙僵。"盖言其老劲也。东坡见其题壁，亦曰："此有何好，但似篯束枯骨耳。"伯筠闻之，笑曰："此意逢原已道了。"今惟丹阳有戴叔伦碑，是其遗迹。

予为福州宁德县主簿，入郡，过罗源县走马岭，见荆棘中有崖石，刻"树石"二大字，奇古可爱。即令从者薙除观之。乃"才翁所赏树石"六字，盖苏舜元书也。因以告县令项膺服，善作栏楯护之云。

铜色本黄，古钟鼎彝器大抵皆黄铜耳。今人得之地中者，岁久色变，理自应耳。今郊庙所制，乃以药熏染令苍黑，此何理也。

曾子开封曲阜县子，谢任伯封阳夏县伯。曲阜今仙源县，阳夏今城父县，方疏封时，已无二县矣，司封殆失职也。

蔡京为太师，赐印文曰"公相之印"，因自称"公相"。童贯亦官至太师，都下人谓之"媪相"。

馆职常苦俸薄，而吏人食钱甚厚。周子充作正字时，尝戏曰："岂所谓省官不如省吏耶？"都下旧谓馆职为省官，故云。

赵相初除都督中外军事，孙叔诣参政时为学士，当制，请曰："是虽王导故事，然若兼中外，则虽陛下禁卫三衙皆统之，恐权太重，非防微杜渐之意。"乃改为都督诸路军马。制出，赵乃知之，颇不乐。

吕居仁诗云："蜡烬堆盘酒过花。"世以为新。司马温公有五字云："烟曲香寻篆，杯深酒过花。"居仁盖取之也。

茶山先生云："徐师川拟荆公'细数落花因坐久,缓寻芳草得归迟'云'细落李花那可数,偶行芳草步因迟。'初不解其意,久乃得之。盖师川专师陶渊明者也。渊明之诗,皆适然寓意而不留于物,如'悠然见南山',东坡所以知其决非望南山也。今云'细数落花'、'缓寻芳草',留意甚矣,故易之。"又云："荆公多用渊明语而意异,如'柴门虽设要常关'、'云尚无心能出岫'。'要'字、'能'字,皆非渊明本意也。"

傅丈子骏奏事,误称名,退而移文阁门,请弹奏。阁门以殿上语非有司所得闻,不受,子骏乃自劾。诏放罪。

从舅唐仲俊,年八十五六,极康宁。自言少时因读《千字文》有所悟,谓"心动神疲"四字也,平生遇事未尝动心,故老而不衰。

永清军者,贝州也。王则据州叛,既平,改州曰恩州,而削其节镇。及宣和中复幽州,乃建为永清军节度,以命郭药师。药师果亦叛,盖不祥也。

绍圣中,贬元祐人苏子瞻儋州,子由雷州,刘莘老新州,皆戏取其字之偏旁也。时相之忍忮如此。

鲁直诗有《题扇》"草色青青柳色黄"一首,唐人贾至、赵嘏诗中皆有之。山谷盖偶书扇上耳。至诗中作"吹愁去",嘏诗中作"吹愁却","却"字为是。盖唐人语,犹云"吹却愁"也。

周子充言:退之《黄陵庙碑》辨"陟方"事,非也。古盖谓适远为陟,《书》曰："若陟遐必自迩。"犹今人言上路也。岂得云南方地势下耶?

常瓘字子然,河朔人,本农家。一村数十百家皆常氏,多不通谱。子然既为御史,一村之人名皆从玉,虽走史铃下皆然,无如之何。子然乃名子曰任、佚、美、向,谓周任、史佚、子美、叔向也,意使人不可效耳。

汤丞相封庆国公,命下,汤公谓此仁宗赐履之国,自天圣以来无封者,欲请避之。或曰："何执中尝封庆国公矣。"汤公曰："执中不知引避,此何足为法哉!"卒辞之,改封岐。

古所谓长夜之饮,或以为达旦,非也。薛许昌《宫词》云："画烛烧阑暖复迷,殿帷深密下银泥。开门欲作侵晨散,已是明朝日向西。"此所谓长夜之饮也。

王逸少《笔经》曰："有人以绿沉漆竹管及镂管见遗。"老杜所谓"苔卧绿沉枪"，盖谓是也。

欧阳公、梅宛陵、王文恭集，皆有《小桃》诗。欧诗云："雪里花开人未知，摘来相顾共惊疑。便当索酒花前醉，初见今年第一枝。"初但谓桃花有一种早开者耳。及游成都，始识所谓小桃者，上元前后即著花，状如垂丝海棠。曾子固《杂识》云："正月二十间，天章阁赏小桃。"正谓此也。

王定国素为冯当世所知，而荆公绝不乐之。一日，当世力荐于神祖，荆公即曰："此孺子耳。"当世忿曰："王巩戊子生，安得谓之孺子！"盖巩之生与同天节同日也。荆公愕然，不觉退立。

汪彦章草赦书，叙军兴征敛，其词云："八世祖宗之泽，岂汝能忘；一时社稷之忧，非予获已。"最为精当。人以比陆宣公兴元赦书。然议者谓自太祖至哲宗方七世，若并道君数之，又不应曰"祖宗"，彦章亦悔之。信乎文之难也。

童汪锜能执干戈以卫社稷，本谓幼而能赴国难耳，非姓童也。翟公巽作童贯告词云"尔祖汪锜"，误也，或云故以戏之。

刘长卿诗曰："千峰共夕阳。"佳句也。近时僧癫可用之云："乱山争落日。"虽工而窘，不迨本句。

李后主《落花》诗云："莺狂应有限，蝶舞已无多。"未几亡国。宋子京亦有《落花》诗云："香随蜂蜜尽，红入燕泥干。"亦不久下世。诗谶盖有之矣。

《隋唐嘉话》云："崔日知恨不居八座。及为太常卿，于厅事后起一楼，正与尚书省相望，时号'崔公望省楼'。"又小说载：御史久次不得为郎者，道过南宫，辄回首望之，俗号"拗项桥"。如此之类，犹是谤语。予读郑畋作学士时《金銮坡上南望》诗，云："玉晨钟韵上空虚，画戟祥烟拥帝居。极目向南无限地，绿烟深处认中书。"则其意著矣。乃知朝士妄想，自古已然，可付一笑。

今世所道俗语，多唐以来人诗。"何人更向死前休"，韩退之诗也；"林下何曾见一人"，灵澈诗也；"长安有贫者，为瑞不宜多"，罗隐诗也；"世乱奴欺主，年衰鬼弄人。海枯终见底，人死不知心"，杜荀鹤诗也；"事向无心得"，章碣诗也；"但有路可上，更高人也行"，龚霖诗也；"忍事敌灾星"，司空图诗也；"一朝权入手，看取令行时"，朱湾诗也；"自己情虽切，他人未肯忙"，裴说诗也；"但知行好事，莫要问前程"，冯道诗也；"在家贫亦好"，戎昱诗也。

汉隶岁久风雨剥蚀，故其字无复锋铓。近者杜仲微乃故用秃笔作隶，自谓得汉刻遗法，岂其然乎！

曾子宣丞相尝排蔡京于钦圣太后帘前。太后不以为然，曾公论不已，太后曰："且耐辛苦。"盖禁中语，欲遣之使退，则曰"耐辛苦"也。京已出，太原复留。

赵正夫丞相薨，车驾临幸。夫人郭氏哭拜，请恩泽者三事，其一乃乞于谥中带一"正"字。余二事皆即许可，惟赐谥事独曰："待理会。"平时徽庙凡言"待理会"者，皆不许之词也。正夫遂谥"清宪"。

富郑公初请功德院，得敕额曰"奉亲"。已而乃作两院，共用一名，谓之南奉亲院、北奉亲院。

陈鲁公薨，以其遭际龙飞，又薨于位，与王岐公同，于是诏用岐公元丰末赠典，超赠太师，其他恩数皆视岐公，犹可也，及其家请谥，遂特赐谥曰"文恭"，盖亦用岐公谥。用他人之谥以为恩数，自古乌有此事哉！

谚有曰"濮州钟"，世不知为何等语。尝有人死，见阴官，濮州人也，问以此，亦不能对。予案，此事见《周世宗实录》：显德六年二月丁丑，幸太清观。先是，乾明门外修太清观成，上闻濮州有大钟，声闻十里，乃命徙之，以赐是观，至是往观焉。

予参成都议幕，摄事汉嘉，一见荔子熟。时凌云山、安乐园皆盛处，纠曹何预元立、法曹蔡迨肩吾皆佳士，日相与同槃桓。薛许昌亦尝以成都幕府来摄郡，未久罢去，故其《荔枝》诗曰："岁杪监州曾见树，时新入座但闻名。"盖恨不及时也。每与二君诵之。东坡守杭，法外刺配颜巽父子。御史论为不法，累章不已。苏公虽放罪，而颜巽者竟以朝旨放自便。自是豪猾益甚，以药涂盐钞而用，既毁抹，赂主者浸洗之。药尽去而钞不伤，虽老于其事者不能辨。他不法尤众。有司稍按治,辄劫持之曰:"某官乃元祐奸党,苏某亲旧,故观望害我。"公形状牒。时治党籍方苛峻,虽监司郡守,得其牒,辄畏缩,解纵乃已。大观中,胡奕修为提举盐事,会计已毁抹盐钞,得其奸,奏之,黥窜化州,籍没资产,一方称快。

天下名山,惟华山、茅山、青城山无僧寺。青城十里外有一寺,曰布金,洪水坏之,今复葺于旁里许。

僧可遵者,诗本凡恶,偶以"直待众生总无垢"之句为东坡所赏,书一绝于壁间。继之山中道俗随东坡者甚众,即日传至圆通,遵适在焉,大自矜诩,追东坡至前涂。而涂中又传东坡《三峡桥》诗,遵即对东坡自言:"有一绝,却欲题《三峡》之后,旅次不及书。"遂朗吟曰:"君能识我汤泉句,我却爱君《三峡》诗。道得可咽不可漱,几多诗将竖降旗。"东坡既悔赏拔之误,且恶其无礼,因促驾去。观者称快。遵方大言曰:"子瞻护短,见我诗好甚,故妒而去。"径至栖贤,欲题所举绝句。寺僧方砻石刻东坡诗,大诟而逐之。山中传以为笑。

卷第五

种徵君明逸,既隐操不终,虽骤登侍从,眷礼优渥,然常惧谗嫉。其《寄怀》诗曰:"予生背时性孤僻,自信已道轻浮名。中途失计被簪绂,目睹宠辱心潜惊。虽从鹓鸾共班序,常恐青蝇微有声。清风满壑石田在,终谢吾君甘退耕。"其忧畏如此。又有《寄二华隐者》诗曰:"我本厌虚名,致身天子庭。不终高尚事,有愧少微星。北阙空追悔,西山羡独醒。秋风旧期约,何日去冥冥?"然其后卒遭王嗣宗之辱,可以为轻出者之戒。世传常夷甫晚年悔仕,亦不足多怪也。

宋太素尚书《中酒》诗云:"中酒事俱妨,偷眠就黑房。静嫌鹦鹉闹,渴忆荔枝香。病与慵相续,心和梦尚狂。从今改题品,不号醉为乡。"非真中酒者,不能知此味也。

绍兴中,有贵人好为俳谐体诗及笺启,诗云:"绿树带云山罨画,斜阳入竹地销金。"《上汪内相启》云:"长楸脱却青罗帔,绿盖千层;俊鹰解下绿丝绦,青云万里。"后生遂有以为工者。赖是时前辈犹在,雅正未衰,不然与五代文体何异。此事系时治,忽非细事也。

承平时,鄜州田氏作泥孩儿,名天下,态度无穷。虽京师工效之,莫能及。一对至直十缣,一床至三十千,一床者或五或七也。小者二、三寸,大者尺余,无绝大者。予家旧藏一对卧者,有小字云:"鄜畤田圮制。"绍兴初,避地东阳山中,归则亡之矣。

隆兴间,有扬州帅,贵戚也。宴席间语客曰:"谚谓'三世仕宦,方解著衣吃饭'。仆欲作一书,言衣帽酒殽之制,未得书名。"通判鲜于广,蜀人,即对曰:"公方立勋业,今必无暇及此。他时功成名遂,均逸林下,乃可成书耳。请先立名曰《逸居集》。"帅不之悟。有牛签判者,京东归正官也,辄操齐音曰:"安抚莫信,此是通判骂安抚饱食暖衣,逸居而无教,则近于禽兽。是甚言语!"帅为发怒赧面,而通判欣然有得色。

晁子止云:曾见东坡手书《四州环一岛》诗,其间"茫茫太仓中"

一句,乃"区区魏中梁",不知果否。苏季真云:《寄张文潜桃椰杖》诗,初本云"酒半消",其下云:"江边独曳桃椰杖,林下闲寻荜拨苗。""盛孝章"又误为"孝标"。已而悟,故尽易之。虽其家所传,然去今所行亡字韵殊远,恐传之误也。

范至能在成都,尝求亭子名。予曰:"思鲈。"至能大以为佳。时方作墨,即以铭墨背。然不果筑亭也。

临邛夹门镇,山险处,得瓦棺,长七尺,厚几二寸,与今木棺略同,但盖底相反。骨犹不坏。棺外列置瓦器,皆极淳古。时靖康丙午岁也,李知幾及见之。

市人有以博戏取人财者,每博必大胜,号"松子量",不知何物语也,亦不知其字云何。李端叔为人作墓志,亦用此三字。端叔前辈,必有所据。

今官制:光禄大夫转银青,银青转金紫,金紫转特进。五代以前,乃自银青转金紫,金紫转光禄,光禄转特进。据冯道《长乐老序》所载甚详。

庄文太子,初封邓王。予为陈鲁公、史魏公言,邓王乃钱俶归朝后所封;又哲宗之子早薨,亦封邓王,当避此不祥之名,二公曰:"已降诏,俟郊礼改封可也。"庄文竟早世。

东坡《赠赵德麟秋阳赋》云:"生于不土之里,而咏无言之诗。"盖寓時字也。

尹少稷强记,日能诵麻沙版本书厚一寸。尝于吕居仁舍人坐上记历日,酒一行,记两月,不差一字。

肃王与沈元用同使房,馆于燕山悯忠寺。暇日无聊,同行寺中,偶有一唐人碑,辞皆偶俪,凡三千余言。元用素强记,即朗诵一再。肃王不视,且听且行,若不经意。元用归,欲矜其敏,取纸追书之。不能记者阙之。凡阙十四字。书毕,肃王视之,即取笔尽补其所阙,无遗者,又改元用谬误四五处,置笔他语,略无矜色。元用骇服。

靖康兵乱,宣和旧臣悉已远窜。黄安时居寿春,叹曰:"造祸者全家尽去岭外避地,却令我辈横尸路隅耶!"安时卒死于兵,可哀也。

高宗除丧,予以礼部郎入读祝。至几筵殿,盖帝平日所御处也。

殿三间，殊非高大，陈列几席、槌枷之类，亦与常人家不甚相远。犹想见高庙之俭德也。

"夜凉疑有雨，院静似无僧。"潘逍遥诗也。

田登作郡，自讳其名，触者必怒，吏卒多被榜笞。于是举州皆谓灯为火。上元放灯，许人入州治游观。吏人遂书榜揭于市曰："本州依例放火三日。"

刘随州诗："海内犹多事，天涯见近臣。"言天下方乱，思见天子而不可得，得天子近臣亦足自慰矣。见天子近臣已足自慰，况又见之于天涯乎！其爱君忧国之意，郁然见于言外。

绍兴间，复古殿供御墨，盖新安墨工戴彦衡所造。自禁中降出双角龙文，或云米友仁侍郎所画也。中官欲于苑中作墨灶，取西湖九里松作煤。彦衡力持不可，曰："松当用黄山所产，此平地松岂可用！"人重其有守。

祖母楚国夫人，大观庚寅在京师病累月，医药莫效，虽名医如石藏用辈皆谓难治。一日，有老道人状貌甚古，铜冠绯氅，一丫髻童子操长柄白纸扇从后。过门自言："疾无轻重，一灸立愈。"先君延入，问其术。道人探囊出少艾，取一砖灸之。祖母方卧，忽觉腹间痛甚，如火灼。道人遂径去，曰"九十岁"。追之，疾驰不可及。祖母是时未六十，复二十余年，年乃八十三，乃终。祖母没后，又二十年，从兄子楫监三江盐场，偶饮酒于一士人毛氏，忽见道人，衣冠及童子悉如祖母平日所言。方愕然，道人忽自言京师灸砖事，言讫遽遁去。遍寻不可得。毛君云：其妻病，道人为灸屋柱十余壮，脱然愈。方欲谢之，不意其去也。世或疑神仙，以为渺茫，岂不谬哉。

《齐民要术》有咸杬子法，用杬木皮渍鸭卵。今吴人用虎杖根渍之，亦古遗法。

曹咏为浙漕，一日坐客言徽州汪王灵异者。咏问汪王若为对。有唐永夫者在坐，遽曰："可对曹漕。"咏以为工，遂爱之。曾亲字纯甫，偶归，正官萧鹧巴来谒。既退，复一客至，其所狎也。因问曰："萧鹧巴可对何人？"客曰："正可对曾鹁脯。"亲以为嫚己，大怒，与之绝。然"鹧巴"北人实谓之"札八"。

童贯为太师，用广南龚澄枢故事；林灵素为金门羽客，用闽王时谭紫霄故事。呜呼，异哉！

元丰间，建尚书省于皇城之西，铸三省印。米芾谓印文背戾，不利辅臣。故自用印以来，凡为相者，悉投窜，善终者亦追加贬削，其免者苏丞相颂一人而已。蔡京再领省事，遂别铸公相之印。其后，家安国又谓省居白虎位，故不利。京又因建明堂，迁尚书省于外以避之。然京亦窜死，二子坐诛，其家至今废。不知为善而迁省易印以避祸，亦愚矣哉！

王黼作相，请朝假归咸平焚黄，画舫数十，沿路作乐，固已骇物论。绍兴中，秦熺亦归金陵焚黄，临安及转运司舟舫尽选以行，不足，择取于浙西一路，凡数百艘，皆穷极丹艧之饰。郡县监司迎饯，数百里不绝。平江当运河，结彩楼数丈，大合乐官妓舞于其上，缥缈若在云间，熺处之自若。

秦太师娶王禹玉孙女，故诸王皆用事。有王子溶者，为浙东仓司官属，郡宴必与提举者同席，陵忽玩戏，无不至。提举者事之反若官属。已而又知吴县，尤放肆。郡守宴客，初就席，子溶遣县吏呼伎乐伶人，即皆驰往，无敢留者。上元吴县放灯，召太守为客，郡治乃寂无一人。又尝夜半遣厅吏叩府门，言知县传语，必面见。守醉中狼狈，揽衣秉烛出问之。乃曰："知县酒渴，闻有咸齑，欲觅一瓯。"其陵侮如此。守亟取，遣人遗之，不敢较也。

司马安四至九卿，当时以为善宦，以今观之，则谓之拙宦可也。彼汩丧廉耻，广为道径者，不数年至公相矣，安用四至九卿哉！

蔡京赐第，有六鹤堂，高四丈九尺，人行其下，望之如蚁。

故都里巷间，人言利之小者曰"八文十二"。谓十为谌，盖语急，故以平声呼之。白傅诗曰："绿浪东西南北路，红栏三百九十桥。"宋文安公《宫词》曰："三十六所春宫馆，二月香风送管弦。"晁以道诗亦云："烦君一日殷勤意，示我十年感遇诗。"则诗家亦以十为谌矣。

周宇文护《与母阎书》曰："受形禀气，皆知母子。谁知萨保如此不孝。"此乃对母自称小名。南齐武帝崩，郁林王即位，明帝谋废立，右仆射王晏尽力助之。从弟思远谓晏曰："兄荷武帝厚恩，一旦赞人如此事,何以自立?"因劝之引决。及晏拜骠骑,谓思远兄思微曰:"隆昌之末,阿戎劝我自裁。若用其语,岂有今日!"思远曰:"如阿戎所见,犹未晚也。"此乃对兄自称小名。毕景儒《幕府燕闲录》载:"苏易简初及第时,与母书,自称岷岷。"亦小名也。从伯父右司,小名马哥,在京师省祖母楚国夫人。出上马矣,楚国偶有所问,自出屏后呼"马哥"。亲事官闻之,白伯父曰:"夫人请吏部。"盖此辈亦习闻之也。今吴人子弟稍长,便不欲人呼其小名,虽尊者亦以行第呼之矣。风俗日薄,如此奈何。

宋白《石烛》诗云:"但喜明如蜡,何嫌色似黳。"烛出延安,予在南郑数见之。其坚如石,照席极明,亦有泪如蜡而烟浓,能黑污帷幕衣服,故西人亦不贵之。

胡基仲尝言:"韩退之《石鼓歌》云'羲之俗书趁姿媚',狂肆甚矣。"予对曰:"此诗至云'陋儒编诗不收入,二雅褊迫无委蛇',其言羲之俗书,未为可骇也。"基仲为之绝倒。

王广津《宫词》云:"新睡起来思旧梦,见人忘却道胜常。""胜常"犹今妇人言"万福"也。前辈尺牍有云"尊候胜常"者,"胜"字当平声读。

拄杖,斑竹为上,竹欲老瘦而坚劲,斑欲微赤而点疏。贾长江诗云:"拣得林中最细枝,结根石上长身迟。莫嫌滴沥红斑少,恰是湘妃泪尽时。"善言拄杖者也。然非素有此癖,亦未易赏音。

唐韩翃诗云:"门外碧潭春洗马,楼前红烛夜迎人。"近世晏叔原乐府词云:"门外绿杨春系马,床前红烛夜呼卢。"气格乃过本句,不谓之剽可也。

张文昌《成都曲》云:"锦江近西烟水绿,新雨山头荔枝熟。万里桥边多酒家,游人爱向谁家宿。"此未尝至成都者也。成都无山,亦无荔枝。苏黄门诗云:"蜀中荔枝出嘉州,其余及眉半有不。"盖眉之彭山县已无荔枝矣,况成都乎!

先太傅自蜀归,道中遇异人,自称方五。见太傅曰:"先生乃西山施先生肩吾也。"遂授道要。施公,睦州桐庐人,太傅晚乃自睦守挂冠,盖有缘契矣。

张文昌《纱帽》诗云："惟恐被人偷剪样，不曾闲戴出书堂。"皮袭美亦云："借样裁巾怕索将。"王荆公于富贵声色略不动心，得耿天骘宪竹根冠，爱咏不已。予雅有道冠、挂杖二癖，每自笑叹，然亦赖古多此贤也。

故都时，御炉炭率斫作琴样，胡桃纹，鹁鸽青。高宗绍兴初，巡幸临安，诏严州进炭，止令用土产，勿拘旧制。

东坡自儋耳归，至广州舟败，亡墨四箧，平生所宝皆尽，仅于诸子处得李墨一丸、潘谷墨两丸。自是至毗陵捐馆舍，所用皆此三墨也。此闻之苏季真云。

世言东坡不能歌，故所作乐府词多不协。晁以道云："绍圣初，与东坡别于汴上。东坡酒酣，自歌《古阳关》。"则公非不能歌，但豪放不喜裁剪以就声律耳。

山谷《水仙花》二绝"淡扫蛾眉簪一枝"及"只比江梅无好枝"者，见于李端叔集中，然非端叔所及也。贺方回作《王子开挽词》"和璧终归赵，干将不葬吴"者，见于秦少游集中。子开大观己丑卒于江阴，而返葬临城，故方回此句为工，时少游已没十年矣。《水仙花》则不可考，然气格似山谷晚作，不类端叔也。

吴武安玠葬德顺军陇干县，今虽隔在虏境，松楸甚盛，岁时祀享不辍，虏不敢问也。玠谥武安，而梁、益间有庙，赐额曰"忠烈"，故西人至今但谓之吴忠烈云。

姚福进者，兕麟之祖也，德顺军人，以挽强名于秦、陇间。至今西人谓其族为姚硬弓家。

曲端、吴玠，建炎间有重名于陕西，西人为之语曰："有文有武是曲大，有谋有勇是吴大。"端能书，今阆中锦屏山壁间有其书，奇伟可爱。

成都江渎庙北壁外，画美髯一丈夫，据银胡床坐，从者甚众，邦人云："蜀贼李顺也。"

邛州僧寺中板壁有赵谂题字。字既凡恶，语亦浅拙，不知当时何以中第如此之高。盖希时事力诋元祐，故有司不复计其文之工拙也。

永康军导江县迎祥寺有唐女真吴彩鸾书《佛本行经》六十卷。予尝取观之，字亦不甚工，然多阙唐讳。或谓真本，为好事者易去，此特唐经生书耳。

利州武后画像，其长七尺。成都有孟蜀时后妃祠堂，亦极修伟，绝与今人不类。福州大支提山有吴越王紫袍寺，僧升椅子举其领犹拂地，两肩有污迹。

老杜《海棕诗》在左绵，所赋今已不存。成都有一株，在文明厅东廊前，正与制置司签厅门相直。签厅乃故锦官阁。闻潼川尤多，予未见也。

成都石笋，其状与笋不类，乃累叠数石成之。所谓海眼，亦非妄；瑟瑟，至今有得之者。蜀食井盐，如仙井、大宁，犹是大穴；若荣州，则井绝小，仅容一竹筒，真海眼也。石犀在庙之东阶下，亦粗似一犀。正如陕之铁牛，但望之大概似牛耳。石犀一足不备，以他石续之，气象甚古。

承平日，甚重宫观。宣和中，晁以道知成州，有请，吏部报云："照会本官，历任已曾住宫观，不合再有陈乞。"遂致仕而归。

唐夔州在白帝城，地势险固。本朝太平兴国中，丁晋公为转运使，始迁于瀼西。瀼西地平不可守，又置瞿唐关使，于白帝屯兵，下临瀼西。使有事，宜多置兵，则夔帅不能亲将，指臂倒置；若少置兵，则关先不守，夔州必随以破，可谓失策。大抵当时蜀已平，乃移夔州；晋已平，乃移太原，皆不可晓。若使晋、蜀复为豪杰所得，彼能据一国，独不能复徙一城以就形胜耶？若虽有外寇，而其地尚为我有，乃舍险就易，此何理也？

忠州在陕路，与万州最号穷陋，岂复有为郡之乐？白乐天诗乃云："唯有绿樽红烛下，暂时不似在忠州。"又云："今夜酒醲罗绮暖，被君融尽玉壶冰。"以今观之，忠州那得此光景耶？当是不堪司马闲冷，骤易刺史，故亦见其乐尔。可怜哉！

曾子宣、林子中在密院，为哲庙言："章子厚以隐士帽、紫直掇、系绦见从官，从官皆朝服。其强肆如此。"上曰："彼见蔡京亦敢尔乎？"京时为翰林学士，不知何以得人主待之如此，真奸人之雄也。

祖宗故事：命官锁厅举进士者，先所属选官考试所业，通者方听取解。至省试程文纰缪者，勒停；不合格者，亦赎铜放，永不得应举。天圣间，方除前制。然未久，又诏文臣许锁厅两次，武臣止许一次，其严如此。近岁泛许人应博学宏辞，遂有妄以此自称。或假手作所业献礼部，亦许试。而程文缪不可读，亦无以惩之，殆非也。

秦所作郑、白二渠，在今京兆府之泾阳，皆以泾水为源。白渠灌泾阳、高陵、栎阳及耀州云阳、三原、富平，凡六县。斗门百七十余所，今尚存，然多废不治。郑渠所灌尤广袤，数倍于白渠。泾水乃绝深，不能复入渠口，渠岸又多摧圮填淤，比之白渠，尤不可措手矣。

唐人喜赤酒、甜酒、灰酒，皆不可解。李长吉云："琉璃钟，琥珀浓，小槽酒滴真珠红。"白乐天云："荔枝新熟鸡冠色，烧酒初开琥珀香。"杜子美云："不放香醪如蜜甜。"陆鲁望云："酒滴灰香似去年。"

李虚己侍郎，字公受，少从江南先达学作诗，后与曾致尧倡酬。曾每曰："公受之诗虽工，恨哑耳。"虚己初未悟，久乃造入。以其法授晏元献，元献以授二宋，自是遂不传。然江西诸人，每谓五言第三字、七言第五字要响，亦此意也。

沈义伦谥恭惠，其家诉于朝，欲带一"文"字，议者执不可而止。张知白谥文节，御史王嘉言请改谥文正，王孝先为相，亦不肯改。欧阳文忠公初但谥文，盖以配韩文公。常夷甫方兼太常，晚与文忠相失，乃独谓公有定策功，当加"忠"字，实抑之也。李邦直作议，不能固执，公论非之。当时士大夫相谓曰："永叔不得谥文公，此谥必留与介甫耳。"其后信然。

本朝进士，初亦如唐制，兼采时望。真庙时，周安惠公起，始建糊名法，一切以程文为去留。

李允则，真庙时知沧州。虏围城，城中无炮石，乃凿冰为炮，虏解去。近时陈规守安州，以泥为炮，城亦终不可下。

信州龙虎山汉天师张道陵后世，袭虚静先生号，蠲赋役，自二十五世孙乾曜始，时天圣八年也。今黄冠辈谓始于三十二代，非也。又独谓三十二代为张虚静，亦非也。

卷第六

太宗朝，胡秘监周甫贬坊州团练副使，擅离徙所，至鄜州谒宋太素尚书，被劾，特置不问。元祐中，陈正字无己为徐州教官，亦擅离任至南京别东坡先生。谏官弹之，亦不加罪。祖宗优待文士如此。

今上初登极，周丞相草仪注，称"新皇帝"，盖创为文也。

欧阳公记开宝钱文曰"宋通"。予按：周显德钱文曰"周通"，故国初因之，亦曰"宋通"。建隆、乾德中皆然，不独开宝也。至太平兴国以后，乃以年号为钱文，至今皆然。欧公又谓宝元钱文曰"皇宋"。按《实录》所载亦同，然今钱中又有云"圣宋"者，大小钱皆有之。大钱折二，始于熙宁，则此名乃或出于熙宁以后矣。

周世宗时，李景奉正朔，上表自称唐国主，而周称之曰江南国主。国书之制曰："皇帝致书恭问江南国主。"又以"君"字易"卿"字。至艺祖，于李煜则遂赐诏如藩方矣。仁宗时，册命赵元昊为夏国主，盖用江南故事。然亦赐诏，凡言及"卿"字处，即阙之，亦或以"国主"代"卿"字。当时必有定制，然不尽见于国史也。

欧阳文忠公立论《易·系辞》当为《大传》，盖古人已有此名，不始于公也。有黠僧遂投其好，伪作韩退之《与僧大颠书》，引《系辞》谓之《易·大传》，以示文忠公。公以合其论，遂为之跋曰："此宜为退之之言。"予尝得此书石刻，语甚鄙，不足信也。

今僧寺辄作库质钱取利，谓之"长生库"，至为鄙恶。予按梁甄彬尝以束苎就长沙寺库质钱，后赎苎还，于苎束中得金五两，送还之，则此事亦已久矣。庸僧所为，古今一揆，可设法严绝之也。

先君入蜀时，至华之郑县，过西溪。唐昭宗避兵尝幸之，其地在官道旁七八十步，澄深可爱；亭曰西溪亭，盖杜工部诗所谓"郑县亭子涧之滨"者。亭旁古松间，支径入小寺，外弗见也。有楠木版揭梁间甚大，书杜诗，笔亦雄劲，体杂颜、柳，不知何人书，墨挺然出版上甚异。或云墨着楠木皆如此。

宗正卿、少卿祖宗因唐故事，必以国姓为之，然不必宗室也。元丰中，始兼用庶姓。而知大宗正事，设官始于濮安懿王，始权任甚重，颇镌损云。

京师沟渠极深广，亡命多匿其中，自名为"无忧洞"。甚者盗匿妇人，又谓之"鬼樊楼"。国初至兵兴，常有之，虽才尹不能绝也。

祥符东封，命王钦若、赵安仁并判兖州，二公皆见任执政也；庆历初，西鄙未定，命夏竦判永兴，陈执中、范雍知永兴，一州二守，一府三守，不知当时如何分职事？既非长贰，文移书判之类必有程式，官属胥吏何所禀承，国史皆不载，莫可考也。然当时谏官御史不以为非，诸公受之亦不力辞，岂在其时亦为便于事耶？宣和中复幽州，以为燕山府，蔡靖知府，郭药师同知。既增"同"字，则为长贰，与庆历之制不同。

晁以道读《魏书》，以为魏收独无刑祸，既以寿终，又赠司空、尚书左仆射，谥文贞，以此攻韩退之避修史之说。然收死后，竟以史笔多憾于人。齐亡之岁，冢被发，弃骨于外，得祸亦不轻矣。

王荆公父名益，故其所著《字说》无"益"字。苏东坡祖名序，故为人作序皆用"叙"字，又以为未安，遂改作"引"，而谓"字序"曰"字说"。张芸叟父名盖，故表中云："此乃伏遇皇帝陛下。"今人或效之，非也。

古谓带一为一腰，犹今谓衣为一领。周武帝赐李贤御所服十三环金带一腰是也。近世乃谓带为一条，语颇鄙，不若从古为一腰也。

黄巢之入长安，僖宗出幸。豆卢瑑、崔沆、刘邺、于琮、裴谂、赵濛、李溥、李汤皆守节，至死不变。郑綦、郑系，义不臣贼，举家自缢而死。以靖康京师之变言之，唐犹为有人也。

晋语儿、人二字通用。《世说》载桓温行经王大将军墓，望之曰："可儿，可儿。"盖谓"可人"为"可儿"也。故《晋书》及孙绰《与庾亮笺》，皆以为"可人"。又陶渊明不欲束带见乡里小儿，亦是以"小人"为"小儿"耳，故《宋书》云"乡里小人"也。

晋人所谓"不意永嘉之末，复闻正始之音"，永嘉、正始，乃魏、晋年名。胡武平《上吕丞相启》云："手提天铎，锵正始之遗音；梦授神椽，摈夺朱之乱色。"益不悟正始为年名也。

俗说唐、五代间事，每及功臣，多云"赐无畏"，其言甚鄙浅。予儿时闻之，每以为笑。及观韩偓《金銮密记》云："面处分，自此赐无畏，兼赐金三十两。"又云："已曾赐无畏，卿宜凡事皆尽言。"直是鄙俚之言亦无畏。以此观之，无畏者，许之无所畏惮也。然君臣之间，乃许之无所畏惮，是何义理？必起于唐末耳。

国初，举人对策皆先写策题，然策题不过一二十句。其后策题寖多，而写题如初，举人甚以为苦。庆历初，贾文元公为中丞，始奏罢之。

故事，台官无侍经筵者。贾文元公为中丞，仁祖以其精于经术，特召侍讲迩英，自此遂为故事。秦会之当国时，谏官御史必兼经筵，而其子熺亦在焉。意欲搏击者，辄令熺于经筵侍对时谕之，经筵退，弹文即上。

予与尹少稷同作密院编修官，时陈鲁公、史魏公为左右相。一日，过堂见鲁公，语少款，少稷忽曰："熺便难活相公面上人。"又云："熺是右相荐，右相面上人。"又云："熺是相公乡人，处处为人关防。"鲁公笑答云："康伯往年使虏，有李愈少卿者，来迓客，自言'汉儿'也。云：'女真、契丹、奚皆同朝，只汉儿不好。北人指曰汉儿，南人却骂作番人。'愈之言，无乃与君类耶？"一座皆笑。

吴处厚字伯固，既上书告蔡新州诗事，自谓且显擢。时已为汉阳守，比秩满，仅移卫州。予少时尝见其谢表，曰："今李常已移成都，则余人次第复用。臣有两子一婿，俱是选人，到处撞见冤仇，何人更肯提挈？"处厚本能文，而表辞鄙浅如此者，意谓太母见之易晓尔。

王黼在翰苑，尝病疫危甚，国医皆束手。二妾曰艳娥、素娥，侍疾坐于足。素娥泣曰："若内翰不讳，我辈岂忍独生！惟当俱死尔。"艳娥亦泣，徐曰："人生死有命，固无可奈何。姊宜自宽。"黼虽昏卧，实具闻之。既愈，素娥专房燕，封至淑人，艳娥遂辞去。及黼诛，素娥者惊悸，不三日亦死，曩日俱死之言遂验。

蜀老言：绍兴初，漕粟嘉陵，以饷边。每一斛至军中，计其费为七十五斛。席大光、胡承公为帅，始议转船折运，于是费十减六七。向非二公，蜀已大困矣。故至今蜀人谓承公为"湖州镜"。

王性之记问该洽，尤长于国朝故事，莫不能记。对客指画诵说，动数百千言，退而质之，无一语缪。予自少至老，惟见一人。方大驾南渡，典章一切扫荡无遗，甚至祖宗谥号亦皆忘失，祠祭但称庙号而已。又因讨论御名，礼部申省言："未寻得《广韵》。"方是时，性之近在二百里内，非独博记可询，其藏书数百箧，无所不备，尽护致剡山，当路藐然不问也。

王伯照长于礼乐，历代及国朝议礼之书悉能成诵，亦可谓一时之杰。绍兴末为太常少卿，迁礼部侍郎，犹兼少卿事，可谓得人。俄坐台评去。近时不惜人才至此。

都下买婢，谓未尝入人家者为一生人，喜其多淳谨也。予在闽中，与何掎之同阅报状，见新进骤用者，掎之曰："渠是一生人，宜其速进。"予怪而诘之，掎之曰："曾为朝士者，既为人所忌嫉，又多谤，故惟新进者常无患。"盖有激也。

杜诗"夜阑更秉烛"，意谓夜已深矣，宜睡，而复秉烛以见久客喜归之意。僧德洪妄云："更当平声读。"乌有是哉？

谢景鱼家有陈无己手简一编，有十余帖，皆与酒务官托买浮炭者，其贫可知。浮炭者，谓投之水中而浮，今人谓之麸炭，恐亦以投之水中则浮故也。白乐天诗云"日暮半炉麸炭火"，则其语亦已久矣。

四方之音有讹者，则一韵尽讹。如闽人讹"高"字，则谓"高"为"歌"，谓"劳"为"罗"；秦人讹"青"字，则谓"青"为"萋"，谓"经"为"稽"；蜀人讹"登"字，则一韵皆合口；吴人讹"鱼"字，则一韵皆开口，他放此。中原惟洛阳得天地之中，语音最正，然谓"弦"为"玄"、谓"玄"为"弦"，谓"犬"为"遣"、谓"遣"为"犬"之类，亦自不少。

予游邛州天庆观，有陈希夷诗石刻云："因攀奉县尹尚书水南小酌回，舍辔特叩松扃，谒高公。茶话移时，偶书二十八字。道门弟子图南上。"其诗云："我谓浮荣真是幻，醉来舍辔谒高公。因聆玄论冥冥理，转觉尘寰一梦中。"末书"太岁丁酉"，盖蜀孟昶时，当石晋天福中也。天庆本唐天师观，诗后有文与可跋，大略云："高公者，此观都威仪何昌一也。希夷从之学锁鼻术。"予是日迫赴太守宇文衮臣约饭，不能尽记，后卒不暇再到，至今以为恨。

予游大邑鹤鸣观，所谓张天师鹄鸣化也。其东北绝顶，又有上清宫，壁间有文与可题一绝，曰："天气阴阴别作寒，夕阳林下动归鞍。忽闻人报后山雪，更上上清宫上看。"

京口子城西南月观，在城上，或云即万岁楼。京口人以为南唐时节度使每登此楼西望金陵，嵩呼遥拜，其实非也。《京口记》云：晋王恭所作，唐孟浩然有《万岁楼》诗，见集中。

"水流天地外，山色有无中"，王维诗也。权德舆《晚渡扬子江》诗云："远岫有无中，片帆烟水上。"已是用维语。欧阳公长短句云："平山阑槛倚晴空，山色有无中。"诗人至是，盖三用矣。然公但以此句施于平山堂为宜，初不自谓工也。东坡先生乃云："记取醉翁语，山色有无中。"则似谓欧阳公创为此句，何哉？

世言荆公《四家诗》后李白，以其十首九首说酒及妇人，恐非荆公之言。白诗乐府外，及妇人者实少，言酒固多，比之陶渊明辈亦未为过。此乃读白诗不熟者，妄立此论耳。《四家诗》未必有次序，使诚不喜白，当自有故。盖白识度甚浅，观其诗中，如"中宵出饮三百杯，明朝归揖二千石"、"揄扬九重万乘主，谑浪赤墀金锁贤"、"王公大人借颜色，金章紫绶来相趋"、"一别蹉跎朝市间，青云之交不可攀"、"归来入咸阳，谈笑皆王公"、"高冠佩雄剑，长揖韩荆州"之类，浅陋有索客之风。集中此等语至多，世俱以其词豪俊动人，故不深考耳。又如以布衣得一翰林供奉，此何足道，遂云："当时笑我微贱者，却来请谒为交亲。"宜其终身坎壈也。

杜牧之作《还俗僧》诗云："云发不长寸，秋寒力更微。独寻一径叶，犹挈衲残衣。日暮千峰里，不知何日处归。"此诗盖会昌寺废佛时所作也。又有《斫竹》诗，亦同时作，云："寺废竹色死，官家宁尔留。霜根渐随斧，风玉尚敲秋。江南苦吟客，何处寄悠悠。"词意凄怆，盖怜之也。至李端叔《还俗道士》诗云："闻道华阳客，儒衣谒紫微。旧山连药卖，孤鹤带云归。柳市名犹在，桃源梦已稀。还家见鸥鸟，应愧背船飞。"此道士还俗，非不得已者，故直讥之耳。

闻人茂德言："沙糖中国本无之。唐太宗时外国贡至，问其使人：'此何物？'云：'以甘蔗汁煎。'用其法煎成，与外国者等。自此中国方有沙糖。"

唐以前书传,凡言及糖者皆糖耳,如糖蟹、糖姜皆是。汉嘉城西北山麓,有一石洞,泉出其间,时闻洞中泉滴声,良久一滴,清如金石。黄鲁直题诗云:"古人题作东丁水,自古丁东直到今。我为改名方响洞,要知山水有清音。"

成都药市以玉局化为最盛,用九月九日。杨文公《谈苑》云七月七日,误也。

马鞭击猫,筇竹杖击狗,皆节节断折,物理之不可推者也。

亳州出轻纱,举之若无,裁以为衣,真若烟雾。一州惟两家能织,相与世世为婚姻,惧他人家得其法也。云自唐以来名家,今三百余年矣。

禁中有哲宗皇帝宸翰四大字曰"罚弗及嗣",更无他语。此必绍圣、元符间有欲害元祐党人子孙者,故帝书此言,祖宗盛德如此。

故老言:大臣尝从容请幸金明池,哲庙曰:"祖宗幸西池,必宴射。朕不能射,不敢出。"又木工杨琪作龙舟,极奇丽,或请一登之,哲庙又曰:"祖宗未尝登龙舟,但临水殿略观,足矣。"后勉一幸金明,所谓龙舟,非独不登,亦终不观也。

唐人本谓御史在长安者为西台,言其雄剧,以别分司东都,事见《剧谈录》。本朝都汴,谓洛阳为西京,亦置御史台,至为散地,以其在西京,号西台,名同而实异也。

唐人本以尚书省在大明宫之南,故谓之南省。自建炎军兴,蜀士以险远,许就制置司类试,与省试同。间有愿赴行在省试者,亦听之。蜀士因谓之赴南省,以大驾在东南也。

《北户录》云:"广人于山间掘取大蚁卵为酱,名蚁子酱。"按此即《礼》所谓"蚳醢"也,三代以前固以为食矣。然则汉人以蛙祭宗庙,何足怪哉。

祖宗以来至靖康间,文武臣僚罢官,或服阕,或被罪,叙复到阙,皆有期限。如有故,须自陈给假。至建炎初,以军兴道梗,始有三年之限。后有特许,从便赴阙,犹降旨云:"候边事宁息日依旧。"然遂不复举行矣。

今人书"某"为"厶",皆以为俗从简便,其实古"某"字也。《穀梁》桓二年:"蔡侯、郑伯会于邓。"范宁注曰:"邓,厶地。"陆德明《释文》曰:"不知其国,故云厶地,本又作某。"

江邻幾《嘉祐杂志》言:"唐告身初用纸,肃宗朝有用绢者,贞元后始用绫。"予在成都,见周世宗除刘仁赡侍中告,乃用纸,在金彦亨尚书之子处。

《嘉祐杂志》云:"峨眉雪蛆治内热。"予至蜀,乃知此物实出茂州雪山。雪山四时常有积雪,弥遍岭谷,蛆生其中。取雪时并蛆取之,能蠕动。久之雪消,蛆亦消尽。

会稽镜湖之东,地名东关,有天花寺。吕文靖尝题诗云:"贺家湖上天花寺,一一轩窗向水开。不用闭门防俗客,爱闲能有几人来?"今寺乃在草市通衢中,三面皆民间庐舍,前临一支港,与诗殊不合,岂陵谷之变,遽已如此乎? 或谓寺本在湖中,后徙于此。

苏叔党政和中至东都,见妓称"录事",太息语廉宣仲曰:"今世一切变古,唐以来旧语尽废,此犹存唐旧,为可喜。"前辈谓妓曰"酒纠",盖谓录事也。相蓝之东有录事巷,传以为朱梁时名妓崔小红所居。

张真甫舍人,广汉人,为成都帅,盖本朝得蜀以来所未有也。未至前旬日,大风雷,龙起剑南西川门,揭牌掷数十步外,坏"南"字,爪迹宛然,人皆异之。真甫名震。或为之说曰:元丰末,贡院火,而焦蹈为首魁,当时语曰"火焚贡院状元焦",无能对者,今当以"雷起谯门知府震"为对。然岁余,真甫以疾不起。方未病时,府治堂柱生白芝三,谄者谓之玉芝。予按《酉阳杂俎》"芝白为丧",真甫当之。

自元丰官制,尚书省复二十四曹,繁简绝异。在京师时,有语曰:"吏勋封考,笔头不倒。户度金仓,日夜穷忙。礼祠主膳,不识判砚。兵职驾库,典了被袴。刑都比门,总是冤魂。工屯虞水,白日见鬼。"及大驾幸临安,丧乱之后,士大夫亡失告身、批书者多;又军赏百倍平时,赂赇公行,冒滥相乘,饷军日滋,赋敛愈繁,而刑狱亦众,故吏、户、刑三曹吏胥,人人富饶,他曹寂寞弥甚。吏辈又为之语曰:"吏勋封考,三婆两嫂。户度金仓,细酒肥羊。礼祠主膳,淡吃虀面。兵职驾库,咬姜呷醋。刑都比门,人肉馄饨。工屯虞水,生身饿鬼。"

高宗行幸扬州，郡人李易为状元；次举驻跸临安，而状元张九成亦贯临安，时以为王气所在。方李易唱第时，上顾问："此人合众论否？"时相对曰："易乃扬州州学学正，必合众论。"人笑其敷奏之陋。

唐以来，皇子不兼师傅官，以子不可为父师也。其后失于检点，乃有兼者。治平中，贾黯草《东阳郡王颢检校太傅制》，建明其失。自后皇子及宗室卑行合兼三师者，悉改为三公。政和中，省太尉、司徒、司空之官，而置少师、少傅、少保，皇子乃复兼师傅，自嘉王楷始。

今参知政事恩数比门下、中书侍郎，在尚书左右丞之上，其议出于李汉老。汉老时为右丞，盖暗省转厅，可径登揆路也。吕丞相元直觉此意，排去之。然自此遂为定制。

"蔚蓝"乃隐语天名，非可以义理解也。杜子美《梓州金华山》诗云："上有蔚蓝天，垂光抱琼台。"犹未有害。韩子苍乃云"水色天光共蔚蓝"，乃直谓天与水之色俱如蓝耳，恐又因杜诗而失之。

胡子远之父，唐安人，家饶财，常委仆权钱，得钱引五千缗，皆伪也。家人欲讼之，胡曰："干仆已死，岂忍使其孤对狱耶？"或谓减其半价予人，尚可得二千余缗。胡不可，曰："终当误人。"乃取而火之，泰然不少动心。其家暴贵，宜哉。

杜子美《梅雨》诗云："南京西浦道，四月熟黄梅。湛湛长江去，冥冥细雨来。茅茨疏易湿，云雾密难开。竟日蛟龙喜，盘涡与岸回。"盖成都所赋也。今成都乃未尝有梅雨，惟秋半积阴气令蒸溽，与吴中梅雨时相类耳。岂古今地气有不同耶？

卷第七

熙宁癸丑，华山阜头峰崩。峰下一岭一谷，居民甚众，皆晏然不闻，乃越四十里外平川，土石杂下如簸扬，七社民家压死者几万人，坏田七八千顷，固可异矣。绍兴间，严州大水。寿昌县有一小山，高八九丈，随水漂至五里外，而四傍草木庐舍，比水退，皆不坏，则此山殆空行而过也。

韩魏公家不食蔬，以脯醢当蔬盘，度亦始于近时耳。

曾子宣丞相家，男女手指皆少指端一节，外甥亦或然。或云，襄阳魏道辅家世指少一节。道辅之姊嫁子宣，故子孙肖其外氏。

故都残暑，不过七月中旬。俗以望日具素馔享先，织竹作盆盎状，贮纸钱，承以一竹焚之。视盆倒所向，以占气候：谓向北则冬寒，向南则冬温，向东西则寒温得中，谓之盂兰盆，盖俚俗老媪辈之言也。又每云：“盂兰盆倒，则寒来矣。”晏元献诗云：“红白薇英落，朱黄槿艳残。家人愁溽暑，计日望盂兰。”盖亦戏述俗语耳。

欧阳公谪夷陵时，诗云：“江上孤峰蔽绿萝，县楼终日对嵯峨。”盖夷陵县治下临峡，江名绿萝溪。自此上溯即上牢关，皆山水清绝处。孤峰者即甘泉寺山，有孝女泉及祠在万竹间，亦幽邃可喜，峡人岁时游观颇盛。予入蜀，往来皆过之。韩子苍舍人《泰兴县道中》诗云：“县郭连青竹，人家蔽绿萝。”似因欧公之句而失之。此诗盖子苍少作，故不审云。

秦会之跋《后山集》，谓曾南丰修《英宗实录》，辟陈无己为属。孙仲益书数百字诋之，以为无此事，南丰虽尝预修《英宗实录》，未久即去，且南丰自为吏属，乌有辟官之理，又无己元祐中方自布衣命官，故仲益之辨，人多是之。然以予考其实，则二公俱失也。南丰元丰中还朝，被命独修《五朝史实》，许辟其属，遂请秀州崇德县令邢恕为之。用选人已非故事，特从其请，而南丰又援经义局辟布衣徐禧例，乞无己检讨，庙堂尤难之。会南丰上《太祖纪叙论》，不合上意，修《五朝史》之意浸缓。未几，南丰以忧去，遂已。会之但误以《五朝史》为《英宗实录》耳，至其言辞无己事，则实有之，不可谓无也。

学士院移文三省名"咨报"，都司移文六曹名"刺"。

前代，夜五更至黎明而终。本朝外廷及外郡悉用此制，惟禁中未明前十刻更终，谓之待旦。盖更终则上御盥栉，以俟明出御朝也。祖宗勤于政事如此。

予儿时见宋修撰辉为先君言："某艰难中以转饷至行在，时方避房海道，上大喜，令除待制。吕相元直雅不相乐，乃曰：'宋辉系直龙图阁，便除待制，太超躐，欲且与修撰。修撰与待制，亦只争一等。候更有劳，除待制不晚。'遂除秘撰。"宋公言之太息曰："此某命也。"顷予被命修《高宗圣政》及《实录》，见《日历》所载，实有此事。自昔大臣以私意害人，此其小小者耳。

高庙驻跸临安，艰难中，每出犹铺沙藉路，谓之黄道，以三衙兵为之。绍兴末内禅，驾过新宫，犹设黄道如平时。明日寿皇出，即撤去，遂不复用。

族伯父彦远言：少时识仲殊长老，东坡为作《安州老人食蜜歌》者。一日，与数客过之，所食皆蜜也。豆腐、面觔、牛乳之类，皆渍蜜食之，客多不能下箸。惟东坡性亦酷嗜蜜，能与之共饱。崇宁中，忽上堂辞众。是夕，闭方丈门自缢死。及火化，舍利五色不可胜计。邹忠公为作诗云："逆行天莫测，雉作浸中经。沤灭风前质，莲开火后形。钵盂残蜜白，炉篆冷烟青。空有谁家曲，人间得细听。"彦远又云："殊少为士人，游荡不羁。为妻投毒羹胾中，几死，啖蜜而解。医言复食肉则毒发，不可复疗，遂弃家为浮屠。邹公所谓'谁家曲'者，谓其雅工于乐府词，犹有不羁之余习也。"

晏元献为藩郡，率十许日乃一出厅，僚吏旅揖而已。有欲论事，率因亲校转白，校复传可否以出，遂退。吕正献作相及平章军国事时，于便坐接客，初惟一揖，即端坐自若，虽从官亦以次起白；及退，复起一揖，未尝离席。盖祖宗时辅相之尊严如此，时亦不以为非也。

东坡诗云："大弨一弛何缘彀，已觉翻翻不受檠。"《考工记》："弓人寒奠体。"注曰："奠，读为定。至冬胶坚，内之檠中，定往来体。"《释文》："檠，音景。"《前汉·苏武传》："武能网纺缴，檠弓弩。"颜师古曰："檠，谓辅正弓弩，音警；又巨京反。"东坡作平声叶，盖用《汉书》注也。

丰相之于舒信道，邹志完于吕望之，其为人似不类，然相与皆厚甚，不以乡里及同僚故也。相之为中司时，犹力荐信道。志完元符中进用，则实由望之荐也。及以直谏远窜，望之坐荐非其人，褫官。谢表云："臣之与浩，实匪素交。以其尝备学校之选于先朝，能陈诗赋之非于元祐，比缘荐士，遂取充员。岂期蝼蚁之微，自速雷霆之谴。"其叙陈终不以志完为非，亦不易矣。

《宋白集》有《赐诸道节度观察防团刺史知州以下贺登极进奉诏书》云："朕仰承先训，缵嗣丕基。眷命历之有归，想寰区之同庆。卿辍由俸禄，恭备贡输，遥陈称贺之诚，知乃尽忠之节。省览嘉叹，再三在怀。"实真庙登极时诏书也。乃知是时贡物，皆守臣以俸禄自备。今既以库金为贡，而推恩则如故，可谓厚恩矣。

前辈遇通家子弟，初见请纳拜者，既受之，则设席，望其家遥拜其父祖，乃就坐。先君尚行之。

前辈置酒饮客，终席不褫带。毛达可守京口时，尚如此。后稍废，然犹以冠带劝酬，后又不讲。绍兴末，胡邦衡还朝，每与客饮，至劝酒，必冠带再拜。朝士皆笑其异众，然邦衡名重，行之自若。

元丰七年秋宴，神庙举御觞示丞相王岐公以下，忽暴得风疾，手弱觞侧，余酒沾污御袍。是时京师方盛歌《侧金盏》，皇城司中官以为不祥，有歌者辄收系之，由是遂绝。先楚公进《裕陵挽词》有云："辂从元朔朝时破，花是高秋宴后萎。"二句皆当时实事也。

天圣、明道间，京师盛歌一曲曰《曹门高》未几，慈圣太后受册中宫，人以为验矣。其后宣仁与慈圣皆垂箔摄政，而宣仁实慈圣之甥，以故选配英庙，则征兆之意若曰："曹门之高，当相继而起也。"何其神哉！

赵相挺之使虏，方盛寒，在殿上。虏主忽顾挺之耳，愕然急呼小胡指示之，盖閹也。俄持一小玉合子至，合中有药，色正黄，涂挺之两耳周匝而去，其热如火。既出殿门，主客者揖贺曰："大使耳若用药迟，且拆裂缺落，甚则全耳皆堕而无血。"扣其玉合中药为何物，乃不肯言，但云："此药市中亦有之，价甚贵，方匕直钱数千。某辈早朝遇极寒，即涂少许。吏卒辈则别有药，以狐溺调涂之，亦效。"

辽人刘六符，所谓刘燕公者，建议于其国，谓："燕、蓟、云、朔，本皆中国地，不乐属我。非有以大收其心，必不能久。"虏主宗真问曰："如何可收其心？"曰："敛于民者十减其四五，则民惟恐不为北朝人矣。"虏主曰："如国用何？"曰："臣愿使南朝，求割关南地；而增戍阅兵以胁之。南朝重于割地，必求增岁币。我托不得已受之。俟得币，则以其数对减民赋可也。"宗真大以为然，卒用其策得增币。而他大臣背约，才以币之十二减赋，民固已喜。及洪基嗣立，六符为相，复请用元议。洪基亦仁厚，遂尽用银绢二十万之数，减燕、云租赋。故其后虏政虽乱，而人心不离，岂可谓虏无人哉！

仁宗皇帝庆历中，尝赐辽使刘六符飞白书八字，曰："南北两朝，永通和好。"会六符知贡举，乃以"两朝永通和好"为赋题，而以"南北两朝永通和好"为韵，云："出南朝皇帝御飞白书。"六符盖为虏画策增岁赂者，然其尊戴中国尚尔如此，则盟好中绝，诚可惜也！

王荆公素不乐滕元发、郑毅夫，目为"滕屠"、"郑酤"。然二公资豪迈，殊不病其言。毅夫为内相，一日送客出郊，过朱亥家，俗谓之屠儿原者，作诗云："高论唐虞儒者事，卖交负国岂胜言。凭君莫笑金槌陋，却是屠酤解报恩。"

予幼岁侍先君避乱东阳山中，有北僧年五十余，戆朴无能，自言沈相义伦裔孙，携遗像及告身诏敕甚备。且云义伦之后，惟己独存，欲诉于朝，求一官还俗。不知竟何往也。

《诗正义》曰："络纬鸣，懒妇惊。"宋子京《秋夜诗》云："西风已飘上林叶，北斗直挂建章城。人间底事最堪恨，络纬啼时无妇惊。"其妙于用事如此。

孙少述一字正之，与王荆公交最厚。故荆公别少述诗云："应须一曲千回首，西去论心有几人！"又云："子今此去来何时，后有不可谁予规？"其相与如此。及荆公当国，数年，不复相闻，人谓二公之交遂暌。故东坡诗云："蒋济谓能来阮籍，薛宣真欲吏朱云。"刘舍人贡父诗云："不负兴公《遂初赋》，更传中散《绝交书》。"然少述初不以为意也。及荆公再罢相归，过高沙，少述适在焉。亟往造之，少述出见，惟相劳苦及吊元泽之丧，两公皆自忘其穷达。遂留荆公置酒共饭，剧谈经学，抵暮乃散。荆公曰："退即解舟，无由再见。"少述曰："如此更不去奉谢矣。"然惘惘各有惜别之色。人然后知两公之未易测也。

杭僧思聪，东坡为作《字说》者，大观、政和间，挟琴游梁，日登中贵人之门。久之，遂还俗，为御前使臣。方其将冠巾也，苏叔党《因浙僧入都送之》诗曰："试诵《北山移》，为我招琴聪。"诗至已无及矣。参寥政和中老矣，亦还俗而死，然不知其故。

陶渊明《游斜川》诗，自叙辛丑岁年五十。苏叔党宣和辛丑亦年五十，盖与渊明同甲子也，是岁得园于许昌西湖上，故名之曰"小斜川"云。

夏文庄初谥文正，刘原父持以为不可，至曰："天下谓竦邪，而陛下谥之'正'。"遂改今谥。宋子京作祭文，乃曰："惟公温厚粹深，天与其正。"盖谓夏公之正，天与之，而人不与。当时自有此一种议论。故张文定甚恶石徂徕，诋之甚力，目为狂生。东坡《议学校贡举状》云："使孙复、石介尚在，则迂阔矫诞之士也，可施之于政事之间乎？"其言亦有自来。欧公作《王洙源叔参政墓志》曰："夏竦卒，天子以东宫恩赐谥文献。洙为知制诰，封还曰：'此僖祖谥也。'于是太常更谥文庄。"与他书异。

壹、贰、叁、肆、伍、陆、柒、捌、玖、拾，字书皆有之。参，正是三字；或读作七南反耳。柒字，晋、唐人书或作漆，亦取其同音也。

三舍法行时，有教官出《易》义题云："乾为金，坤又为金，何也？"诸生乃怀监本《易》至帘前请云："题有疑，请问。"教官作色曰："经义岂当上请？"诸生曰："若公试，固不敢。今乃私试，恐无害。"教官乃为讲解大概。诸生徐出监本，复请曰："先生恐是看了麻沙本。若监本，则'坤'为'釜'也。"教授皇恐，乃谢曰："某当罚。"即输罚，改题而止。然其后亦至通显。

老杜《哀江头》云："黄昏胡骑尘满城，欲往城南忘城北。"言方皇惑避死之际，欲往城南，乃不能记孰为南北也。然荆公集句，两篇皆作"欲往城南望城北。"或以为舛误，或以为改定，皆非也。盖所传本偶不同,而意则一也。北人谓向为望,谓欲往城南,乃向城北,亦皇惑避死,不能记南北之意。

先夫人幼多在外家晁氏,言诸晁读杜诗:"稚子也能赊"、"晚来幽独恐伤神","也"字、"恐"字,皆作去声读。

蜀人石耆公言:"苏黄门尝语其侄孙在庭少卿曰:'《哀江头》即《长恨歌》也。《长恨》冗而凡,《哀江头》简而高。'在庭曰:'《常武》与《桓》二诗,皆言用兵,而繁简不同,盖此意乎?'黄门摇手曰'不然'。"

姓"但"者,音若"檀"。近岁有岭南监司曰但中庸是也。一日,朝士同观报状,见岭南郡守以不法被劾,朝旨令但中庸根勘。有一人辄叹曰:"此郡守必是权贵所主。"问:"何以知之?"曰:"若是孤寒,必须痛治。此乃令'但中庸根勘',即是有力可知。"同坐者无不掩口。其人悻然作色曰:"拙直宜为诸公所笑!"竟不悟而去。

今人解杜诗但寻出处,不知少陵之意初不如是。且如《岳阳楼》诗:"昔闻洞庭水,今上岳阳楼。吴楚东南拆,乾坤日夜浮。亲朋无一字,老病有孤舟。戎马关山北,凭轩涕泗流。"此岂可以出处求哉?纵使字字寻得出处,去少陵之意益远矣。盖后人元不知杜诗所以妙绝古今者在何处,但以一字亦有出处为工。如《西昆酬倡集》中诗,何曾有一字无出处者,便以为追配少陵,可乎?且今人作诗,亦未尝无出处,渠自不知,若为之笺注,亦字字有出处,但不妨其为恶诗耳。

寿皇时,禁中供御酒名蔷薇露,赐大臣酒谓之流香酒。分数旋取旨,盖酒户大小已尽察矣。

韩魏公声雌,文潞公步碎。相者以为二公若无此二事,皆非人臣之相。

庆历中,河北道士贾众妙善相,以为曾鲁公脊骨如龙,王荆公目睛如龙。盖人能得龙之一体者,皆贵穷人爵。见豫章黄庠手曰:"左手得龙爪,虽当魁天下而不仕;若右手得之,则贵矣。"庠果为南省第一,不及廷对而死。

俞秀老紫芝,物外高人,喜歌讴,醉则浩歌不止。故荆公赠之诗曰:"鲁山眉宇人不见,只有歌辞来向东。借问楼前蹋于芳,何如云卧唱松风。"又云:"暮年要与君携手,处处相烦作好歌。"不知者以为赋诗也。紫芝之弟清老，欲为僧，荆公名之曰紫琳，因手简目之为琳公，然清老卒未尝祝发也。

临江萧氏之祖，五代时仕于湖南，为将校，坐事当斩，与其妻亡命。马王捕之甚急。将出境，会夜阻水，不能去，匿于人家溜槽中。江湖间谓"溜"为"笕"。天将旦，有扣笕语之曰："君夫妇速去，捕者且至矣。"因亟去，遂得脱。卒不知告者何人，以为神物，乃世世奉祀，谓之笕头神。今参政照邻，乃其后也。

晁以道《明皇打球图诗》："宫殿千门白昼开，三郎沉醉打球回。九龄已老韩休死，明日应无谏疏来。"又《张果洞》诗云："怪底君王惭汉武，不诛方士守轮台。"皆伟论也。

欧阳公《早朝诗》云："玉勒争门随仗入，牙牌当殿报班齐。"李德刍言："自昔朝仪，未尝有牙牌报班齐之事。"予考之，实如德刍之说。问熟于朝仪者，亦惘然以为无有。然欧阳公必不误，当更博考旧制也。王荆公所赐玉带，阔十四稻，号玉抱肚，真庙朝赵德明所贡。至绍兴中，王氏犹藏之。曾孙奉议郎㻩始复进入禁中。

舅氏唐居正意，文学气节为一时师表。建炎初，避兵武当山中。病殁，遗文散落，无复存者，独《滁州汉高帝庙碑阴》尚存，今录于此："滁之西曰丰山，有汉高帝庙。或云汉诸将追项羽，道经此山。至今土俗以五月十七日为高帝生日，远近毕集，荐肴馐焉。某尝从太守侍郎曾，祷雨于庙，因读庭中刻石，始知昔人相传，盖以五月十七为高帝忌日。按《汉书》高帝十三年四月甲辰崩于长乐宫，五月丙寅葬长陵。注：自崩至葬凡二十三日。疑五月十七日必其葬日，又非忌日也。以历推之，自上元甲子之岁，至高帝十二年四月晦日，是年岁在丙午。凡积一百九十三万六千三百六十三年，二千三百九十四万九千五百九十一月，七亿七百二十四万六千八十五日。以法除之，算外得五月朔己酉，十七日乙丑。则丙寅葬日，乃十八日也。班固记汉初北平侯张苍所有《颛帝历》晦朔、月见、弦望、满亏，多非是。故高帝九年六月乙未晦日食。夫日食必于朔，而此食于晦，则先一日矣。岂非丙寅乃当时十七日乎？不然，岁月久，传者失之也。遂以告，公命书其碑阴。绍圣二年五月旦记。"

剑门关皆石无寸土，潼关皆土无拳石，虽皆号天下险固，要之潼关不若剑门。然自秦以来，剑门亦屡破矣，险之不可恃如此。

曾子宣丞相，元丰间帅庆州。未至，召还；至陕府，复还庆州，往来潼关。夫人魏氏作诗戏丞相曰："使君自为君恩厚，不是区区爱华山。"

南丰曾氏享先，用节羹、醮鹅、刉粥。建安陈氏享先，用肝串子、猪白割、血羹、肉汁。皆世世守之，富贵不加，贫贱不废也。

苏子由晚岁游许昌贾文元公园，作诗云："前朝辅相终难得，父老咨嗟今亦无。"盖谓方仁祖时，士大夫多议文元，然自今观之，岂易得哉！其感慨如此。

卷第八

国初尚《文选》，当时文人专意此书，故草必称"王孙"，梅必称"驿使"，月必称"望舒"，山水必称"清晖"。至庆历后，恶其陈腐，诸作者始一洗之。方其盛时，士子至为之语曰："《文选》烂，秀才半。"建炎以来，尚苏氏文章，学者翕然从之，而蜀士尤盛，亦有语曰："苏文熟，吃羊肉；苏文生，吃菜羹。"

蜀人见人物之可夸者，则曰"呜呼"，可鄙者则曰"噫嘻"。

秦丞相晚岁权尤重，常有数卒，皂衣持挺立府门外，行路过者稍顾视謦欬，皆呵止之。尝病告一二日，执政独对，既不敢他语，惟盛推秦公勋业而已。明日入堂，忽问曰："闻昨日奏事甚久。"执政惶恐曰："某惟诵太师先生勋德，旷世所无。语终即退，实无他言。"秦公嘻笑曰："甚荷。"盖已嗾言事官上章。执政甫归，阁子弹章副本已至矣。其忮刻如此。

兴元褒城县产礜石，不可胜计，与凡土石无异，虽数十百担，亦可立取。然其性酷烈，有大毒，非置瓦窑中煅三过，不可用。然犹动能害人，尤非他金石之比。《千金》有一方，用礜石辅以干姜、乌头之类，名"匈奴露宿丹"，其酷烈可想见也。

阴平在今文州，有桥曰阴平桥。淳熙初，为郡守者大书立石于桥下曰："邓艾取蜀路。"过者笑之。

建炎三年春，车驾仓卒南渡，驻跸于杭。有侍臣召对者，既对，所陈札子首曰："恭惟陛下岁二月东巡狩，至于钱塘。"吕相颐浩见之，笑曰："秀才家，识甚好恶！"

淳熙中，黄河决入汴。梁、宋间欢言，谓之"天水来"。天水，国姓也。遗民以为国家恢复之兆。

史魏公自少保六转而至太师，中间近三十年，福寿康宁，本朝一人而已。文潞公自司空四转，蔡太师自司空三转，秦太师自少保两转而已。

郑康成自为书戒子益恩，其末曰："若忽忘不识，亦已焉哉！"此正孟子所谓"父子之间不责善"也。盖不责善，非不示于善也，不责其必从耳。陶渊明《命子诗》曰："夙兴夜寐，愿尔斯才。尔之不才，亦已焉哉！"用康成语也。

自唐至本朝，中书门下出敕，其敕字皆平正浑厚。元丰后，敕出尚书省，亦然。崇宁间，蔡京临平寺额作险劲体，"来"长而"力"短，省吏始效之相夸尚，谓之"司空敕"，亦曰"蔡家敕"，盖妖言也。京败，言者数其朝京退送及公主改帝姬之类，偶不及蔡家敕。故至今敕字蔡体尚在。

东坡《海外诗》云："梦中时见作诗孙。"初不解。在蜀见苏山藏公墨迹《叠韵竹诗》后题云："寄作诗孙符。"乃知此句为仲虎发也。

绍兴末，谢景思守括苍，司马季思佐之，皆名仪。刘季高以书与景思曰："公作守，司马九作倅，想郡事皆如律令也。"闻者绝倒。

东坡《牡丹》诗云："一朵妖红翠欲流。"初不晓"翠欲流"为何语。及游成都，过木行街，有大署市肆曰"郭家鲜翠红紫铺"。问土人，乃知蜀语鲜翠犹言鲜明也。东坡盖用乡语云。蜀人又谓糊窗曰"泥窗"，花蕊夫人《宫词》云："红锦泥窗绕四廊。"非曾游蜀，亦所不解。

东坡先生省试《刑赏忠厚之至论》，有云："皋陶为士，将杀人，皋陶曰'杀之'三，尧曰'宥之'三。"梅圣俞为小试官，得之以示欧阳公。公曰："此出何书？"圣俞曰："何须出处！"公以为皆偶忘之，然亦大称叹。初欲以为魁，终以此不果。及揭榜，见东坡姓名，始谓圣俞曰："此郎必有所据，更恨吾辈不能记耳。"及谒谢，首问之，东坡亦对曰："何须出处。"乃与圣俞语合。公赏其豪迈，太息不已。

宋白尚书诗云："风骚坠地欲成尘，春锁南宫入试频。三百俊才衣似雪，可怜无个解诗人。"又云："对花莫道浑无过，曾为毛本作与。常人举好诗。"大抵宋诗虽多疵颣，而语意绝有警拔者，故其自负如此。

白乐天诗云："四十著绯军司马，男儿官职未蹉跎。""一为州司马，三见岁重阳。"本朝太宗时，宋太素尚书自翰苑谪鄜州行军司马，有诗云："鄜州军司马，也好画为屏。"又云："官为军司马，身是谪仙人。"盖北音"司"字作入声读。

故事：谪散官虽别驾司马，皆封赐如故。故宋尚书在郴时诗云："经时不巾栉，慵更佩金鱼。"东坡先生在儋耳，亦云"鹤发惊全白，犀围尚半红"是也。至司户参军，则夺封赐。故世传寇莱公谪雷州，借录事参军绿袍拜命，袍短才至膝。又予少时，见王性之曾夫人言，曾丞相谪廉州司户，亦借其侄绿袍拜命云。

绍兴十六七年，李庄简公在藤州，以书寄先君，有曰："某人汲汲求少艾，求而得之，自谓得计。今成一聚枯骨，世尊出来也救他不得。""一聚枯骨"，出《神仙传·老子篇》。"某人"者，前执政，留守金陵，暴得疾卒，故云。

张邦昌既死，有旨月赐其家钱十万，于所在州勘支。曾文清公为广东漕，取其券缴奏，曰："邦昌在古，法当族诛，今贷与之生，足矣；乃加横恩如此，不知朝廷何以待伏节死事之家？"诏自今勿与。予铭文清墓，载此事甚详，及刻石，其家乃削去，至今以为恨。

韩魏公罢政，以守司徒兼侍中、镇安武胜军节度使。公累章牢辞，至以为恐开大臣希望僭忒之阶。遂改淮南节度使。元丰间，文潞公亦加两镇，引魏公事辞，卒亦不拜。绍兴中，张俊、韩世忠乃以捍虏有功，拜两镇，俄又加三镇。二人皆武臣，不知辞。当时士大夫为之语曰："若加一镇，即为四镇，如朱全忠矣，奈何！"

大驾初驻跸临安，故都及四方士民商贾辐辏，又创立官府，扁榜一新。好事者取以为对曰："钤辖诸道进奏院，详定一司敕令所"，"王防御契圣眼科，陆官人遇仙风药"，"干湿脚气四斤丸，偏正头风一字散"，"三朝御裹陈忠翊，四世儒医陆太丞"，"东京石朝议女婿，乐驻泊药铺西蜀"，"费先生外甥，寇保义卦肆"，如此凡数十联，不能尽记。

高庙谓："端砚如一段紫玉，莹润无瑕乃佳，何必以眼为贵耶？"晁以道藏砚必取玉斗样，喜其受墨渖多也。每曰："砚若无池受墨，则墨亦不必磨，笔亦不必点，惟可作枕耳。"

吕吉甫问客："苏子瞻文辞似何人？"客揣摩其意，答之曰："似苏秦、张仪。"吕笑曰："秦之文高矣，仪固不能望，子瞻亦不能也。"徐自诵其表语云："面折马光于讲筵，廷辩韩琦之奏疏。"其有自得之色，客不敢问而退。

陈师锡家享仪,谓冬至前一日为"冬住",与岁除夜为对,盖闽音也。予读《太平广记》三百四十卷,有《卢顼传》云:"是夕,冬至除夜。"乃知唐人冬至前一日,亦谓之"除夜"。《诗·唐风》:"日月其除。"除音直虑反。则所谓"冬住"者,"冬除"也。陈氏传其语,而失其字耳。

老杜《寄薛三郎中》诗云:"上马不用扶,每扶必怒瞋。"东坡《送乔仝》诗云:"上山如飞瞋人扶。"皆言老人也。盖老人讳老,故尔。若少壮者,扶与不扶皆可,何瞋之有。

宣和末,有巨商舍三万缗,装饰泗州普照塔,焕然一新。建炎中,商归湖南,至池州大江中。一日晨兴,忽见一塔十三级,水上南来。金碧照耀,而随波倾飐,若欲倒者。商举家及舟师人人见之,皆惊怖诵佛。既渐近,有僧出塔下,举手揖曰:"元是装塔施主船。淮上方火灾,大师将塔往海东行化去。"语未竟,忽大风作,塔去如飞,遂不见。未几,乃闻塔废于火。舒州僧广勤与商船同行,亲见之。段成式《酉阳杂俎》言扬州东市塔影忽倒,老人言海影翻则如此。沈存中以谓大抵塔有影必倒。予在福州见万寿塔,成都见正法塔,蜀州见天目塔,皆有影,亦皆倒也。然塔之高如是,而影止三二尺,纤悉皆具。或自天窗中下,或在廊庑间,亦未易以理推也。

唐彦猷《砚录》言:"青州红丝石砚,覆之以匣,数日墨色不干。经夜即其气上下蒸濡,着于匣中,有如雨露。"又云:"红丝砚必用银作匣。"凡石砚若置银匣中,即未干之墨气上腾,其墨乃著盖上。久之,盖上之墨复滴砚中,亦不必经夜也。铜锡皆然,而银尤甚,虽漆匣亦时有之,但少耳。彦猷贵重红丝砚,以银为匣,见其蒸润,而未尝试他砚也。

贺方回状貌奇丑,色青黑而有英气,俗谓之"贺鬼头"。喜校书,朱黄未尝去手。诗文皆高,不独攻长短句也。潘邠老《赠方回》诗云:"诗束牛腰藏旧稿,书讹马尾辨新雠。"有二子,曰房、曰廪。于文,"房"从"方","廪"从"回",盖寓父字于二子名也。

翟耆年字伯寿,父公巽,参政之子也。能清言,工篆及八分。巾服一如唐人,自名唐装。一日,往见许颛彦周。彦周髽髻,着犊鼻裈,蹑高屐出迎,伯寿愕然。彦周徐曰:"吾晋装也,公何怪?"

元祐七年,哲庙纳后,用五月十六日法驾出宣德门行亲迎之礼。初,道家以五月十六日为天地合日,夫妇当异寝,违犯者必夭死,故世以为忌。当时太史选定,乃谓人主与后犹天地也,故特用此日。将降诏矣,皇太妃持以为不可,上亦疑之。宣仁独以为此语俗忌耳,非典礼所载,遂用之。其后诏狱既兴,宦者复谓:"若废后,可弭此祸。"上意亦不可回矣。

政和以后,斜封墨敕盛行,乃有以寺监长官视待制者,大抵皆以非道得之。晁叔用以谓"视待制"可对"如夫人",盖为清议贬黜如此。又往往以特恩赐金带,朝路混淆,然犹以旧制不敢坐狱。故当时谓横金无狱鞯,与阁门舍人等耳。

聂山、胡直孺同为都司,一日过堂,从容为蔡京言道流之横。京慨然曰:"君等不知耳,淫侈之风日炽,姑以斋醮少间之,不暇计此曹也。"京之善文过如此。

蔡京赐第,宏敞过甚。老疾畏寒,幕帝不能御,遂至无设床处,惟扑水少低,间架亦狭,乃即扑水下作卧室。

秦熺作状元时,蔡京亲吏高拣犹在,谓人曰:"看他秦太师,吾主人乃天下至缪汉也。"拣当蔡氏盛时,官至拱卫大夫,领青州观察使。靖康台评所谓厮养官为横行是也。有王俞者,与之同列,官亦相等。靖康间,俞停废,拣犹以武功大夫为浙东副总管,遂终其身,不复褫削。议者亦置之,或自有由也。

沈存中辨鸡舌香为丁香,亹亹数百言,竟是以意度之。惟元魏贾思勰作《齐民要术》,第五卷有合香泽法,用鸡舌香,注云:"俗人以其似丁子,故谓之丁子香。"此最的确,可引之证,而存中反不及之,以此知博洽之难也。

颜延年作《靖节征士诔》云:"徽音远矣,谁箴予阙?"王荆公用此意,作《别孙少述》诗:"子今去此来何时,后有不可谁予规?"青出于蓝者也。

先君读山谷《乞猫》诗,叹其妙。晁以道侍读在坐,指"闻道猫奴将数子"一句,问曰:"此何谓也?"先君曰:"老杜云:'暂止啼乌将数子。'恐是其类。"以道笑曰:"君果误矣。《乞猫》诗'数'字当音色主反。'数子'谓猫狗之属多非一子,故人家初生畜必数之曰:'生几子。''将数子'犹言'将生子'也,与杜诗语同而意异。"以道必有所据,先君言当时偶不叩之以为恨。

翟公巽参政,靖康初召为翰林学士。过泗州,谒僧伽像,见须忽涌出长寸许,问他人,皆不见,怪之。一僧在旁曰:"公虽召还,恐不久复出。"公扣之,曰:"须出者,须出也。"果验。

唐人诗中有曰"无题"者,率杯酒狎邪之语,以其不可指言,故谓之"无题",非真无题也。近岁吕居仁、陈去非亦有曰"无题"者,乃与唐人不类,或真亡其题,或有所避,其实失于不深考耳。

翟公巽参政守会稽日,命工塑真武像。既成,熟视曰:"不似,不似。"即日毁之别塑,今告成观西庑小殿立像是也。道士贺仲清在旁亲见之,而不敢问。

古所谓揖,但举手而已。今所谓喏,乃始于江左诸王。方其时,惟王氏子弟为之。故支道林入东,见王子猷兄弟还,人问"诸王何如?"答曰:"见一群白项乌,但闻唤哑哑声。"即今喏也。

荆公诗云:"闭户欲推愁,愁终不肯去。"刘宾客诗云:"与老无期约,到来如等闲。"韩舍人子苍取作一联云:"推愁不去还相觅,与老无期稍见侵。"比古句盖益工矣。

四月十九日,成都谓之浣花遨头,宴于杜子美草堂沧浪亭。倾城皆出,锦绣夹道。自开岁宴游,至是而止,故最盛于他时。予客蜀数年,屡赴此集,未尝不晴。蜀人云:"虽戴白之老,未尝见浣花日雨也。"

明州护圣长老法扬,藏其祖郑舍人向所得仁庙东宫日《回贺岁旦书》,称"皇太子某状",用太子左春坊之印。舍人是时犹为馆职也。

汤岐公初秉政,偶刑寺奏牍有云"生人妇"者,高庙问:"此有法否?"秦益公云:"法中有夫妇人与无夫者不同。"上素喜岐公,顾问曰:"古亦有之否?"岐公曰:"古法有无,臣所不能记,然'生人妇'之语,盖出《三国志·杜畿传》。"上大惊,乃笑曰:"卿可谓博记矣。"益公阴刻,独谓岐公纯笃不忌也。

北方民家,吉凶辄有相礼者,谓之"白席",多鄙俚可笑。韩魏公自枢密归邺,赴一姻家礼席,偶取盘中一荔支,欲啖之。白席者遽唱言曰:"资政吃荔支,请众客同吃荔支。"魏公憎其喋喋,因置不复取。白席者又曰:"资政恶发也,却请众客放下荔支。"魏公为一笑。"恶发",犹云怒也。

唐自相辅以下,皆谓之京官,言官于京师也。其常参者曰常参官,未常参者曰未常参官。国初以常参官预朝谒,故谓之升朝官;而未预者曰京官。元丰官制行,以通直郎以上朝预宴坐,仍谓之升朝官,而按唐制去京官之名。凡条制及吏牍,止谓之承务郎以上,然俗犹谓之京官。

唐所谓丞郎,谓左右丞、六曹侍郎也。尚书虽序左右丞上,然亦通谓之丞郎,犹今言侍从官也。俗又谓之两制,指内制而言,然非翰苑。西掖亦曰"两制",正如丞郎之称。契丹僭号,有"高坐官",亦侍从之比。坐字本犯御嫌名,或谓丞郎为左右丞、中书门下侍郎,亦非也。

《唐高祖实录》武德二年正月甲子,下诏曰:"释典微妙,净业始于慈悲;道教冲虚,至德去其残暴。况乎四时之禁,毋伐麛卵;三驱之礼,不取顺从。盖欲敦崇仁惠,蕃衍庶物,立政经邦,咸率斯道。朕祗膺灵命,抚遂群生,言念亭育,无忘鉴昧。殷帝去网,庶踵前修;齐王舍牛,实符本志。自今每年正月、五月、九月十直日,并不得行刑。所在公私,宜断屠杀。"此三长月断屠杀之始也。唐大夫如白居易辈,盖有遇此三斋月,杜门谢客,专延缁流作佛事者。今法至此月亦减去食羊钱,盖其遗制。

卷第九

蜀父老言：王小皤之乱，自言"我土锅村民也，岂能霸一方？"有李顺者，孟大王之遗孤。初，蜀亡，有晨兴过摩诃池上者，见锦箱锦衾覆一襁褓婴儿，有片纸在其中，书曰："国中义士，为我养之。"人知其出于宫中，因收养焉，顺是也，故蜀人惑而从之。未几，小皤战死，众推顺为主，下令复姓孟。及王师薄城，城且破矣，顺忽饭城中僧数千人以祈福。又度其童子亦数千人，皆就府治削发，衣僧衣。晡后分东西门两门出。出尽，顺亦不知所在，盖自髡而遁矣。明日，王师入城，捕得一髯士，状颇类顺，遂诛之，而实非也。有带御器械张舜卿者，因奏事，密言："臣闻顺已逸去，所献首非也。"太宗以为害诸将之功，叱出将斩之；已而贷之，亦坐免官。及真庙天禧初，顺竟获于岭南。初欲诛之于市，且令百官贺。吕文靖为知杂御史，以为不可，但即狱中杀之。人始知舜卿所奏非妄也。蜀人又谓：顺逃至荆渚，入一僧寺，有僧熟视曰："汝有异相，当为百日偏霸之主，何自在此？汝宜急去，今年不死，尚有数十年寿。"亦可怪也。又云方顺之作，有术士拆顺名曰："是一百八日有西川耳，安能久也。"如期而败。

太宗太平兴国四年，平太原，降为并州，废旧城，徙州于榆次。今太原则又非榆次，乃三交城也。城在旧城西北三百里，亦形胜之地。本名故军，又尝为唐明镇。有晋文公庙，甚盛。平太原后三年，帅潘美奏乞以为并州，从之。于是徙晋文公庙，以庙之故址为州治。又徙阳曲县于三交，而榆次复为县。国史所载颇略。方承平时，太原为大镇，其兴废人人能知之，故史亦不备书。今陷没几七十年，遂有不可详者矣。

唐小说载：有人路逢奔马入都者，问何急如此。其人答曰："应不求闻达科。"本朝天圣中，初置贤良方正等六科，许少卿监以上奏举，自应者亦听，俄又置高蹈丘园科，亦许自于所在投状求试，时以为笑。予少时为福州宁德县主簿，提刑樊茂实以职状举予曰："有声于时，不求闻达。"后数月，再见之，忽问曰："何不来取奏状？"予笑答之，曰："恐不称举词，故不敢。"茂实亦笑，顾书吏促发奏。然予竟不投也。

成都士大夫家法严。席帽行范氏，自先世贫而未仕，则卖白龙丸，一日得官，止不复卖。城北郭氏卖豉亦然。皆不肯为市井商贾，或举货营利之事。又士人家子弟，无贫富皆着芦心布衣，红勒帛狭如一指大，稍异此则共嘲笑，以为非士流也。

《周礼》蝈氏注云："蝈，今御所食蛙也。"《汉书·霍光传》亦有"丞相擅减宗庙羔菟蛙。"此何等物，而汉人以供玉食及宗庙之荐耶？古今事不同如此。

真宗御集有《苑中赏花》诗十首，内一首《龙柏花》。李文饶《平泉山居草木记》有"蓝田之龙柏"，宋子京又有《真珠龙柏》诗，刘子仪、晁以道、朱希真亦皆有此作。予长于江南，未尝见也。或云本出鄜、坊间。

舒焕尧文，东坡公客，建炎中犹在。有子为湖南一县尉，遇盗烧死，尧文年九十矣，忧悸得病而卒。

陈无己子丰，诗亦可喜，晁以道集中有《谢陈十二郎诗卷》是也。建炎中，以无己故，特命官。李邺守会稽，来从邺作摄局。邺降虏，丰亦被系累而去，无己之后遂无在江左者。丰亦不知存亡，可哀也。

刘道原壮舆，载世藏书甚富。壮舆死，无后，书录于南康军官库。后数年，胡少汲过南康，访之，已散落无余矣。

行在百官，以祠事致斋于僧寺，多相与遍游寺中，因游傍近园馆。或斋于道宫亦然。按张文昌《僧寺宿斋》诗云："晚到金光门外寺，寺中新竹隔帘多。斋官禁与僧相见，院院开门不得过。"乃知唐斋禁之严如此。今律所云作祀事悉禁是也。

韩子苍诗，喜用"拥"字，如"车骑拥西畴"、"船拥清溪尚一樽"之类，出于唐诗人钱起"城隅拥归骑"也。

政和神霄玉清万寿宫，初止改天宁万寿观为之，后别改宫观一所，不用天宁。若州城无宫观，即改僧寺。俄又不用宫观，止改僧寺。初通拨赐产千亩，已而豪夺无涯。西京以崇德院为宫，据其产一万二千亩，赁舍钱、园利钱又在其外。三泉县以不隶州，特置。已而凡县皆改一僧寺为神霄下院，骎骎日张，至宣和末方已。

天下神霄，皆赐威仪，设于殿帐座外。面南，东壁，从东第一架六物：曰锦伞、曰绛节、曰宝盖、曰珠幢、曰五明扇、曰旌；从东第二架六物：曰丝拂、曰旛、曰鹤扇二、曰金钺、曰如意。西壁，从东第一架六物：曰如意、曰玉斧、曰鹤扇二、曰旛、曰丝拂；西壁，从东第二架，曰旌、曰五明扇、曰珠幢、曰宝盖、曰绛节、曰锦伞。东南经兵火，往往不复在。蜀中多徙于天庆观圣祖殿，今犹有存者。

神霄以长生大帝君、青华帝君为主，其次曰蓬莱灵海帝君、西元大帝君、东井大帝君、西华大帝君、清都大帝君、中黄大帝君。又有左右仙伯，东西台吏，二十有二人，绘于壁。又有韩君丈人，祀于侧殿，曰此神霄帝君之高宾也。其说皆出于林灵素、张虚白、刘栋。

天禧中，以王捷所作金宝牌赐天下。至宣和末，又以方士刘知常所炼金轮颁之天下神霄宫，名曰神霄宝轮。知常言其法以水炼之成金，可镇分野兵饥之灾。时宣和七年秋也，遣使押赐天下。太常方下奉安宝轮仪制，而虏寇已渡矣。

本朝康保裔，真庙时为高阳关都部署，契丹入寇，战死。祖志忠，后唐明宗时讨王都战死。父再遇，太祖时为将，讨李筠战死。三世皆死国事。

天圣初，宋元宪公在场屋日，梦魁天下。故事，四方举人集京师，当入见，而宋公姓名偶为众人之首，礼部奏举人宋郊等，公大恶之，以为梦征止此矣，然其后卒为大魁。绍兴初，张子韶亦梦魁天下，比省试，类榜坐位图出，其第一人则张九成也。公殊怏怏。及廷试，唱名亦冠多士，与元宪事正同。

王冀公自金陵召还，不降诏，止于茶药合中赐御飞白"王钦若"三字，而中使口传密旨，冀公即上道。至国门，辅臣以下皆未知。政和中，蔡太师在钱塘，一日中使赐茶药，亦于合中得大玉环径七寸，色如截肪。京拜赐，即治行。后二日，诏至，即日起发。二事略相似，然非二人者，必无此事也。

《孙策传》张津常著绛帕头。帕头者，巾帻之类，犹今言幞头也。

韩文公云"以红帕首",已为失之。东坡云："绛帕蒙头读道书。"增一"蒙"字,其误尤甚。

贵臣有疾宣医及物故敕葬,本以为恩,然中使挟御医至,凡药必服,其家不敢问,盖有为医所误者。敕葬则丧家所费,至倾竭赀货,其地又未必善也。故都下谚曰："宣医纳命,敕葬破家。"庆历中,始有诏："已降指挥敕葬,而其家不愿者听之。"西人云："姚麟敕葬乃绝地,故其家遂衰。"

范文正公喜弹琴,然平日止弹《履霜》一操,时人谓之范履霜。

韩子苍《和钱逊叔》诗云："叩门忽送铜山句,知是赋诗人姓钱。"盖唐诗人钱起赋诗以姓为韵,有"铜山许铸钱"之句。

抚州紫府观真武殿像,设有六丁六甲神,而六丁皆为女子像。黄次山书殿榜曰："感通之殿。"感通乃醴泉观旧名,至和二年十二月赐名。而像设亦醴泉旧制也。

东坡先生在中山作《戚氏》乐府词最得意,幕客李端叔跋三百四十余字,叙述甚备。欲刻石传后,为定武盛事。会谪去,不果,今乃不载集中。至有立论排诋,以为非公作者,识真之难如此哉。

予在成都,偶以事至犀浦,过松林甚茂,问驭卒："此何处?"答曰："师塔也。"盖谓僧所葬之塔。于是乃悟杜诗"黄师塔前江水东"之句。

南朝词人谓文为笔,故《沈约传》云："谢玄晖善为诗,任彦升工于笔,约兼而有之。"又《庾肩吾传》,梁简文《与湘东王书》,论文章之弊曰："诗既若此,笔又如之。"又曰："谢朓、沈约之诗,任昉、陆倕之笔。"《任昉传》又有"沈诗"、"任笔"之语。老杜《寄贾至严武》诗云："贾笔论孤愤,严诗赋几篇。"杜牧之亦云："杜诗韩笔愁来读,似倩麻姑痒处抓。"亦袭南朝语尔。往时诸晁谓诗为诗笔,亦非也。

东蒙盖终南山峰名。杜诗云："故人昔隐东蒙峰,已佩含景苍精龙。故人今居子午谷,独在阴崖结茅屋。"皆长安也。种明《东蒙新居》诗亦云："登遍终南峰,东蒙最孤秀。"南士不知,故注杜诗者妄引颛臾为东蒙主,以为鲁地。

绍兴初,程氏之学始盛,言者排之,至讥其幅巾大袖。胡康侯力辨其不然,曰："伊川衣冠,未尝与人异也。"然张文潜元祐初《赠赵景平主簿》诗曰:"明道新坟草已春,遗风犹得见门人。定知鲁国衣冠异,尽戴林宗折角巾。"则是自元祐初,为程学者幅巾已与人异矣。衣冠近古,正儒者事,讥者固非,辨者亦未然也。

晁氏世居都下昭德坊,其家以元祐党人及元符上书籍记,不许入国门者数人,之道其一也。尝于郑、洛道中,遇降羌,作诗云:"沙场尺箠致羌浑,玉陛俱承雨露恩。自笑百年家凤阙,一生肠断国西门。"方是时,士大夫失职如此,安得不兆乱乎?

郑介夫喜作诗,多至数千篇。谪英州,遇赦得归,有句云:"未言路上舟车费,尚欠城中酒药钱。"绝似王元之也。

元祐初,苏子由为户部侍郎,建言:"都水监本三司之河渠案,将作监本三司之修造案,军器监本三司之甲胄案。三司,今户部也,而三监乃属工部。请三监皆兼隶户部。凡有所为,户部定其事之可否,裁其费之多寡,而工部任其工之良楛,程其作之迟速。"朝廷从其言,为立法。及绍圣中,以为害元丰官制,罢之。建中靖国中,或欲复从元祐,已施行矣,时丰相之为工部尚书,独持不可,曰:"设如都水监塞河,军器监造军器,而户部以为不可则已矣,若以为可,则并任其事可也。今若户部吝其费裁损之,乃令工部任河之决塞,器之利钝,为工部者不亦难乎?"议遂寝。相之本主元祐政事者,然其言公正不阿如此,可谓贤矣。

徽宗尝乘轻舟泛曲江,有宫嫔持宝扇乞书者。上揽笔呕作草书一联云:"渚莲参法驾,沙鸟犯钩陈。"俄复取笔涂去"犯钩陈"三字,曰:"此非佳语。"此联实李商隐《陈宫》诗,亦不祥也。李耕道云。

东坡在黄州时,作《西捷诗》曰:"汉家将军一丈佛,诏赐天闲八尺龙。露布朝驰玉关塞,捷烽夜到甘泉宫。似闻指麾筑上郡,已觉谈笑无西戎。放臣不见天颜喜,但觉草木皆春容。""一丈佛"者,王中正也。以此诗为非东坡作耶,气格如此,孰能办之?以为果东坡作耶,此老岂誉王中正者?盖刺之也。以《三百篇》言之,"君子偕老"是矣。

南朝谓北人曰"伧父",或谓之"虏父"。南齐王洪轨,上谷人,事齐高帝,为青、冀二州刺史,励清节,州人呼为"虏父使君"。今蜀人谓中原人为"虏子",东坡诗"久客厌虏馔"是也,因目北人仕蜀者为"虏官"。晃子止为三荣守,民有讼资官县尉者,曰:"县尉虏官,不通民情。"子止为穷治之,果负冤。民既得直,拜谢而去。子止笑谕之曰:"我亦虏官也,汝勿谓虏官不通民情。"闻者皆笑。

绍兴末,予见陈鲁公。留饭,未食,而扬郡王存中来白事,鲁公留予便坐而见之。存中方不为朝论所与,予年少,意亦轻之,趋幕后听其言。会鲁公与之言及边事,存中曰:"士大夫多谓当列兵淮北,为守淮计,即可守,因图进取中原;万一不能支,即守大江未晚。此说非也。士惟气全乃能坚守,若俟其败北,则士气已丧,非特不可守淮,亦不能守江矣。今据大江之险,以老彼师,则有可胜之理。若我师克捷,士气已倍,彼奔溃不暇,然后徐进而北,则中原有可取之理。然曲折尚多,兵岂易言哉!"予不觉太息曰:"老将要有所长。"然退以语朝士,多不解也。

东坡在岭海间,最喜读陶渊明、柳子厚二集,谓之"南迁二友"。予读宋白尚书《玉津杂诗》有云:"坐卧将何物? 陶诗与柳文。"则前人盖有与公暗合者矣。

凌霄花未有不依木而能生者,惟西京富郑公园中一株,挺然独立,高四丈,围三尺余,花大如杯,旁无所附。宣和初,景华苑成,移植于芳林殿前,画图进御。

政和、宣和间,妖言至多。织文及缬帛,有遍地桃冠,有并桃香,有佩香曲,有赛儿,而道流为公卿受箓。议者谓:桃者,逃也;佩香者,背乡也;赛者,塞也;箓者,戮也。蔡京书神霄玉清万寿宫及玉皇殿之类,玉字旁一点,笔势险急,有道士观之曰:"此点乃金笔,而锋芒侵王,岂吾教之福哉?"侍晨李德柔胜之亲闻其言,尝以语先君。又林灵素诋释教,谓之"金狄乱华"。当时"金狄"之语,虽诏令及士大夫章奏碑版亦多用之,或以为灵素前知金贼之祸,故欲废释氏以厌之。其实亦妖言耳。

近世士大夫多不练故事,或为之语曰:"上若问学校法制,当对曰:'有刘士祥在。'问典礼因革,当对曰:'有齐闻韶在。'"士祥、闻韶,盖国子监太常寺老吏也。史院有窃议史官者,曰:"史官笔削有定本,个个一样。"或问"何也",曰:"将吏人编出《日历》中,'臣僚上言'

字涂去'上言',其后'奉圣旨依'字亦涂去,而从旁注'从之'二字,即一日笔削了矣。"

政和后,道士有赐玉方符者,其次则金方符,长七寸,阔四寸,面为符,背铸御书曰:"赐某人,奉以行教。有违天律,罪不汝贷。"结于当心,每斋醮则服之。会稽天宁万寿观有老道士卢浩真者,尝被金符之赐。予少时亲见之。

世传《唐吕府君敕葬碑》。吕名惠恭,僧大济之父。大济,代宗时内道场僧也,官至殿中监,故惠恭赠官为兖州刺史,而官为营葬。宣和中,会稽天宁观道士张若水官为蕊珠殿校籍,赠其父为朝奉大夫,母封宜人。尝见其母赠诰云:"嘉其教子之勤,宠以宜家之号。"诗人林子来亦有《赠道官万大夫焚黄》诗。然二人者,品秩犹未高,若林灵素以侍晨,恩数视执政,则赠官必及三代矣。大抵当时道流,滥恩不可胜载,中更丧乱,史皆不得书,此偶因事见之耳。

北都有魏博节度使田绪《遗爱碑》,张弘靖书;何进滔《德政碑》,柳公权书,皆石刻之杰也。政和中,梁左丞子美为尹,皆毁之,以其石刻新颁《五礼新仪》。

近世名士:李泰发光,一字泰定;晁以道说之,一字伯以;潘义荣良贵,一字子贱;张全真守,一字子固;周子充必大,一字洪道;芮国器烨,一字仲蒙;林黄中栗,一字宽夫;朱元晦熹,一字仲晦。人称之,多以旧字,其作文题名之类,必从后字,后世殆以疑矣。

王荆公熙宁初召还翰苑。初侍经筵之日,讲《礼记》"曾参易箦"一节,曰:"圣人以义制礼,其详见于床第之间。君子以仁行礼,其勤至于垂死之际。姑息者,且止之辞也,天下之害未有不由于且止者也。"此说不见于文字,予得之于从伯父彦远。

卷第十

世多言白乐天用"相"字，多从俗语作思必切，如"为问长安月，如何不相离"是也。然北人大抵以"相"字作入声，至今犹然，不独乐天。老杜云："恰似春风相欺得，夜来吹折数枝花。"亦从入声读，乃不失律。俗谓南人入京师，效北语，过相蓝，辄读其榜曰大厮国寺，传以为笑。

中贵杨戬，于堂后作一大池，环以廊庑，扃镴周密。每浴时，设浴具及澡豆之属于池上，乃尽屏人，跃入池中游泳，率移时而出，人莫得窥，然但谓其性喜浴于池耳。一日，戬独寝堂中，有盗入其室，忽见床上乃一虾蟆，大可一床，两目如金，光彩射人。盗为之惊仆，而虾蟆已复变为人，乃戬也。起坐握剑，问曰："汝为何人？"盗以实对。戬掷一银香球与之曰："念汝迫贫，以此赐汝，切勿为人言所见也。"盗不敢受，拜而出。后以他事系开封狱，自道如此。

庙讳同音。"署"字常恕反，"树"字如遇反，然皆讳避，则以为一字也。《北史·杜弼传》："齐神武相魏时，相府法曹辛子炎谘事云：'取署字。'子炎读'署'为'树'，神武怒其犯讳，杖之。"则"署"与"树"音不同，当时虽武人亦知之，而今学士大夫乃不能辨。方嘉祐、治平之间，朝士如宋次道、苏子容辈，皆精于字学，亦不以为言，何也？

东坡素知李廌方叔。方叔赴省试，东坡知举，得一卷子，大喜，手批数十字，且语黄鲁直曰："是必吾李廌也。"及拆号，则章持致平，而廌乃见黜。故东坡、山谷皆有诗在集中。初，廌试罢归，语人曰："苏公知举，吾之文必不在三名后。"及后黜，廌有乳母年七十，大哭曰："吾儿遇苏内翰知举不及第，它日尚奚望？"遂闭门睡，至夕不出。发壁视之，自缢死矣。廌果终身不第以死，亦可哀也。

杨文公云："岂期游岱之魂，遂协生桑之梦。"世以其年四十八，故称其用"生桑之梦"为切当，不知"游岱之魂"出《河东记》韦齐休事，亦全句也。

闽中有习左道者,谓之明教。亦有明教经,甚多刻版摹印,妄取道藏中校定官名衔赘其后。烧必乳香,食必红蕈,故二物皆翔贵。至有士人宗子辈,众中自言:"今日赴明教斋。"予尝诘之:"此魔也,奈何与之游?"则对曰:"不然,男女无别者为魔,男女不亲授者为明教。明教,妇人所作食则不食。"然尝得所谓明教经观之,诞谩无可取,真俚俗习妖妄之所为耳。又或指名族士大夫家曰:"此亦明教也。"不知信否。偶读徐常侍《稽神录》云:"有善魔法者,名曰明教。"则明教亦久矣。

芰,菱也。今人谓卷荷为伎荷,伎,立也。卷荷出水面,亭亭植立,故谓之伎荷。或作芰,非是。白乐天《池上早秋》诗云:"荷芰绿参差,新秋水满池。"乃是言荷乃菱二物耳。

蔡太师作相时,衣青道衣,谓之"太师青";出入乘棕顶轿子,谓之"太师轿子"。秦太师作相时,裹头巾,当面偶作一折,谓之"太师错";折样第中窗上下及中一二眼作方眼,余作疏棂,谓之"太师窗"。

张魏公有重望,建炎以来置左右相多矣,而天下独目魏公为张右相;丞相带都督亦数人,而天下独目魏公为张都督,虽夷狄亦然。然魏公隆兴中再入,亦止于右相领都督,乃知有定数也。

东坡绝句云:"梨花澹白柳深青,柳絮飞时花满城。惆怅东阑一株雪,人生看得几清明?"绍兴中,予在福州,见何晋之大著,自言尝从张文潜游,每见文潜哦此诗,以为不可及。余按杜牧之有句云:"砌下梨花一堆雪,明年谁此凭阑干?"东坡固非窃牧之诗者,然竟是前人已道之句,何文潜爱之深也,岂别有所谓乎? 聊记之以俟识者。

今人谓后三日为"外后日",意其俗语耳。偶读《唐逸史·裴老传》,乃有此语。裴,大历中人也,则此语亦久矣。

严州建德县有崇胜院,藏天圣五年内降札子设道场云:"皇太后赐银三十两,皇太妃施钱二十贯,皇后施钱十贯,朱淑仪施钱五贯。"有仁庙飞白御书,今皆存。盖院有僧尝际遇真庙,召见赐衣及香烛故也。犹可想见祖宗恭俭之盛。予在郡初不闻,迫代归,始知之,不及刻石,至今为恨。

徐敦立侍郎颇好谑,绍兴末,尝为予言:"柳子厚《非国语》之作,正由平日法《国语》为文章,看得熟,故多见其疵病。此俗所谓没前程者也。"予曰:"东坡公在岭外,特喜子厚文,朝夕不去手,与陶渊明并称二友。及北归,与钱济明书,乃痛诋子厚《时令》、《断刑》、《四维》、《贞符》诸篇,至以为小人无忌惮者。岂亦由朝夕䌷绎耶? 恐是《非国语》之报。"敦立为之抵掌绝倒。

蔡攸初以淮康节领相印,徽宗赐曲宴,因语之曰:"相公公相子。"盖是时京为太师,号"公相"。攸即对曰:"人主主人翁。"其善为谐给如此。

白乐天云:"微月初三夜,新蝉第一声。"晏元宪云:"绿树新蝉第一声。"王荆公云:"去年今日青松路,忆似闻蝉第一声。"三用而愈工,信诗之无穷也。

苏子容诗云:"起草才多封卷速,把麻人众引声长。"苏子由诗云:"明日白麻传好语,曼声微绕殿中央。"盖昔时宣制,皆曼延其声,如歌咏之状。张天觉自小凤拜右揆,有旨下阁门,令平读,遂为故事。

蔡元长当国时,士大夫问轨革,往往画一人戴草而祭,辄指之曰:"此蔡字也,必由其门而进。"及童贯用事,又有画地上奏乐者,曰:"土上有音,童字也。"其言亦往往有验。及二人者废,则亦无复占得此卦。绍兴中,秦会之专国柄,又多画三人,各持禾一束,则又指之曰:"秦字也。"其言亦颇验。及秦氏既废,亦无复占得此卦矣。若以为妄,则绍兴中如黑象辈畜书数百册,对人检之,予亲见其有三人持禾者在其间,亦未易测也。

祖宗时,有知枢密院及同知、签署之类。治平后,避讳改曰签书。政和以后,宦者用事,辄改内侍省都都知曰知内侍省事,都知曰同知内侍省事,押班曰签书内侍省事,盖僭视密院也。建炎中,始复旧。近有道士之行天心法者,自结衔曰知天枢院事,亦有称同知、签书者,又可一笑也。

《考工记》"弓人"注云:"胹,亦黏也,音职。"今妇人发有时为膏泽所黏,必沐乃解者,谓之膱,正当用此字。

司马侍郎朴陷虏后,妾生一子于燕,名之曰通国,实取苏武胡妇所生子之名名之,而国史不书,其家亦讳之。

太祖开国，虽追尊僖祖以下四庙，然惟宣祖、昭宪皇后为大忌，忌前一日不坐，则太祖初不以僖祖为始祖可知。真宗初，罢宣祖大忌。祥符中，下诏复之。然未尝议及僖祖，则真宗亦不以僖祖为始祖可知。今乃独尊僖祖，使宋有天下二百四十余年，太祖尚不正东向之位，恐礼官不当久置不议也。

兴国中，灵州贡马，足各有二距。其后灵州陷于西戎。宣和中，燕山府贡马亦然，而北房之祸遂作。

周越《书苑》云：郭忠恕以为小篆散而八分生，八分破而隶书出，隶书悖而行书作，行书狂而草书圣。以此知隶书乃今真书。赵明诚谓误以八分为隶，自欧阳公始。

太宗时史官张洎等撰太祖史，凡太宗圣谕及史官采摭之事，分为朱墨书以别之，此国史有朱墨本之始也。元祐、绍圣皆尝修《神宗实录》。绍圣所修既成，焚元祐旧本，有敢私藏者皆立重法。久之，内侍梁师成家乃有朱墨本，以墨书元祐所修，朱书绍圣所修，稍稍传于士大夫家。绍兴初，赵相鼎提举再撰，又或以雌黄书之，目为黄本，然世罕传。

先太傅庆历中赐紫章服，赴阁门拜赐，乃涂金鱼袋也。岂官品有等差欤？

史丞相言高庙尝临《兰亭》，赐寿皇于建邸。后有批字云："可依此临五百本来看。"盖两宫笃学如此。世传智永写《千文》八百本，于此可信矣。

晋人避其君名，犹不避嫌名。康帝名岳，邓岳改名嶽。唐初不避二名。太宗时犹有民部，李世勣、虞世南皆不避也。至高宗即位，始改为户部。世南已卒，世勣去"世"字，惟名勣。或者尚如古卒哭乃讳欤？

唐王建《牡丹》诗云："可怜零落蕊，收取作香烧。"虽工而格卑。东坡用其意云："未忍污泥沙，牛酥煎落蕊。"超然不同矣。

张继《枫桥夜泊》诗云："姑苏城外寒山寺，夜半钟声到客船。"欧阳公嘲之云："句则佳矣，其如夜半不是打钟时。"后人又谓惟苏州有半夜钟，皆非也。按于邺《褒中即事》诗云："远钟来半夜，明月入千家。"皇甫冉《秋夜宿会稽严维宅》诗云："秋深临水月，夜半隔山钟。"此岂亦苏州诗耶？恐唐时僧寺，自有夜半钟也。京都街鼓今尚废，后生读唐诗文及街鼓者，往往茫然不能知，况僧寺夜半钟乎？

宋文安公《自禁庭谪鄜畤》诗云："九月一日奉急宣，连忙趋至阁门前。忽为典午知何罪，谪向鄜州更怃然！"盖当时谪黜者，召至阁门受命乃行也。

宋文安公集中有《省油灯盏》诗，今汉嘉有之，盖夹灯盏也。一端作小窍，注清冷水于其中，每夕一易之。寻常盏为火所灼而燥，故速干，此独不然，其省油几半。邵公济牧汉嘉时，数以遗中朝士大夫。按文安亦尝为玉津令，则汉嘉出此物几三百年矣。

祥符中，有布衣林虎上书，真庙曰："此人姓林名虎，必尚怪者也。"罢遣之。宣和中，有林虎者赐对，徽宗亦异之，赐名于"虎"上加"竹"。然字书初无此字，乃自称"埧箎"之"箎"。而书名不敢增，但作"箎"云。

吴中卑薄，斸地二三尺辄见水。予顷在南郑，见一军校，火山军人也。言火山之南，地尤枯瘠，锄镬所及，烈焰应手涌出，故以"火山"名军，尤为异也。

《楚语》曰："若武丁之神明也，其圣之睿广也，其治之不疚也，犹自为未艾。"荆公尝摘取"睿广"二字入表语中。蔡京为翰林学士，议神宗谥，因力主"睿广"二字，而忘其出《楚语》也。范彝叟折之曰："此《楚语》所载，先帝言必称尧、舜，今乃舍六经而以《楚语》为尊号，可乎？"京遂屈。韩丞相师朴亦云："睿广但可作僧法名耳。"时亦以为名言。

今人谓贝州为甘陵，吉州为庐陵，常州为毗陵，峡州为夷陵，皆自其地名也。惟严州有严光钓濑，名严陵濑。严陵乃其姓字，濑是钓处，若谓之严濑尚可，今俗乃谓之严陵，殊可笑也。

唐质肃公参禅，得法于浮山远禅师。尝作《赠僧》诗云："今日是重阳，劳师访野堂。相逢又无语，篱下菊花黄。"

今人谓娶妇为"索妇"，古语也。孙权欲为子索关羽女，袁术欲为子索吕布女，皆见《三国志》。

元丰间，有俞充者，谄事中官王中正，中正每极口称之。一日，充死，中正辄侍神庙言：“充非独吏事过人远甚，参禅亦超然悟解。今谈笑而终，略无疾恙。”上亦称叹，以语中官李舜举。舜举素敢言，对曰：“以臣观之，止是猝死耳。”人重其直。

古所谓路寝，犹今言正厅也。故诸侯将薨，必迁于路寝，不死于妇人之手，非惟不渎，亦以绝妇寺矫命之祸也。近世乃谓死于堂奥为终于正寝，误矣。前辈墓志之类数有之，皆非也。黄鲁直诗云：“公虚采苹宫，行乐在小寝。”按鲁僖公薨于小寝。杜预谓“小寝，夫人寝也”。鲁直亦习于近世，谓堂为正寝，故以小寝为妾媵所居耳。不然既云“虚采苹宫”，又云“在小寝”，何耶？

王黼作相，其子闳孺作待制，造朝财十四岁，都人目为“胡孙待制”。晋人所谓见何次道，令人欲倾家酿，犹云欲倾竭家赀以酿酒饮之也。故鲁直云：“欲倾家以继酌。”韩文公借以作篲诗云：“有卖直欲倾家赀。”王平父《谢先大父赠篲》诗亦云：“倾家何计效。”韩公皆得晋人本意。至朱行中舍人有句云：“相逢尽欲倾家酿，久客谁能散橐金。”用“家酿”对“橐金”，非也。

钱勰字穆，范祖禹字淳，皆一字。交友以其难呼，故增“父”字，非其本也。

钱穆父风姿甚美，有九子。都下九子母祠作一巾帼美丈夫，坐于西偏，俗以为九子母之夫。故都下谓穆父为九子母夫。东坡赠诗云：“九子羡君门户壮。”盖戏之也。

保寿禅师作《临济塔铭》云：“师受黄檗印可，寻抵河北镇州城东，临滹沱河侧小院住持，名临济。其后墨君和太尉于城中舍宅为寺，亦以‘临济’为名。”墨君和名见《唐书》及《五代史》。其事甚详。近见吕元直丞相《燕魏录》载：“真定安业坊临济院，乃昭宪杜太后故宅。”按保寿与临济乃师弟子，不应有误。岂所谓临济院者，又尝迁徙耶？

谢任伯参政在西掖草蔡太师谪散官制，大为士大夫所称。其数京之罪曰：“列圣诒谋之宪度，扫荡无余；一时异议之忠贤，耕锄略尽。”其语出于张文潜论唐明皇曰“太宗之法度，废革略尽；贞观之风俗，变坏无余”也。

　　吕进伯作《考古图》云："古弹棋局，状如香炉。"盖谓其中隆起也。李义山诗云："玉作弹棋局，中心亦不平。"今人多不能解。以进伯之说观之，则粗可见，然恨其艺之不传也。魏文帝善弹棋，不复用指，第以手巾角拂之。有客自谓绝艺，及召见，但低首以葛巾角拂之，文帝不能及也。此说今尤不可解矣。大名龙兴寺佛殿有魏宫玉石弹棋局，上有黄初中刻字，政和中取入禁中。

　　昭德诸晁谓"婿为借倩"之"倩"，云近世方讹为"倩盼"之"倩"。予幼小不能叩所出，至今悔之。

　　绍圣、元符之间，有马从一者，监南京排岸司。适漕使至，随众迎谒。漕一见怒甚，即叱之曰："闻汝不职，正欲按汝，何以不亟去？尚敢来见我耶！"从一皇恐，自陈湖湘人，迎亲窃禄，求哀不已。漕察其语南音也，乃稍霁威云："湖南亦有司马氏乎？"从一答曰："某姓马，监排岸司耳。"漕乃微笑曰："然则勉力职事可也。"初盖误认为温公族人，故欲害之。自是从一刺谒，但称监南京排岸而已。传者皆以为笑。

　　蔡太师父准，葬临平山，为驼形。术家谓驼负重则行，故作塔于驼峰。而其墓以钱塘江为水，越之秦望山为案，可谓雄矣。然富贵既极，一旦丧败，几于覆族，至今不能振。俗师之不可信如此。

　　《该闻录》言："皮日休陷黄巢为翰林学士，巢败被诛。"今《唐书》取其事。按尹师鲁作《大理寺丞皮子良墓志》称："曾祖日休，避广明之难，徙籍会稽，依钱氏，官太常博士，赠礼部尚书。祖光业，为吴越丞相。父璨，为元帅府判官。三世皆以文雄江东。"据此，则日休未尝陷贼为其翰林学士被诛也。光业见《吴越备史》颇详。孙仲容在仁庙时，仕亦通显，乃知小说谬妄，无所不有。师鲁文章传世，且刚直有守，非欺后世者，可信不疑也。故予表而出之，为袭美雪谤于泉下。

　　邹忠公梦徽庙赐以笔，作诗记之。未几，疾不起。说者谓"笔"与"毕"同音，盖杜牧梦改名毕之类。

　　唐小说载李纾侍郎骂负贩者云："头钱价奴兵。""头钱"，犹言"一钱"也。故都俗语云"千钱精神头钱卖"，亦此意云。

　　杨朴处士诗云："数个胡孙彻骨干，一壶村酒胶牙酸。"《南楚新闻》亦云："一楪毡根数十皴，盘中犹自有红鳞。"不知"皴"何物，疑是饼饵之属。

白乐天《寄裴晋公》诗云："闻说风情筋力在，只如初破蔡州时。"王禹玉《送文太师》诗云："精神如破贝州时。"用白语而加工，信乎善用事也。

历代笔记小说大观总目

汉魏六朝

西京杂记(外五种) 〔汉〕刘歆 等撰 王根林 校点

博物志(外七种) 〔晋〕张华 等撰 王根林 等校点

拾遗记(外三种) 〔前秦〕王嘉 等撰 王根林 等校点

搜神记·搜神后记 〔晋〕干宝 陶潜 撰 曹光甫 王根林 校点

世说新语 〔南朝宋〕刘义庆 撰 〔梁〕刘孝标注 王根林 标点

唐五代

朝野佥载·云溪友议 〔唐〕张鷟 范摅 撰 恒鹤 阳羡生 校点

教坊记(外七种) 〔唐〕崔令钦 等撰 曹中孚 等校点

大唐新语(外五种) 〔唐〕刘肃 等撰 恒鹤 等校点

玄怪录·续玄怪录 〔唐〕牛僧孺 李复言 撰 田松青 校点

次柳氏旧闻(外七种) 〔唐〕李德裕 等撰 丁如明 等校点

酉阳杂俎 〔唐〕段成式 撰 曹中孚 校点

宣室志·裴铏传奇 〔唐〕张读 裴铏 撰 萧逸 田松青 校点

唐摭言 〔五代〕王定保 撰 阳羡生 校点

开元天宝遗事(外七种) 〔五代〕王仁裕 等撰 丁如明 等校点

北梦琐言 〔五代〕孙光宪 撰 林艾园 校点

宋元

清异录·江淮异人录 〔宋〕陶穀 吴淑 撰 孔一 校点

稽神录·睽车志 〔宋〕徐铉 郭彖 撰 傅成 李梦生 校点

困学纪闻 ［宋］王应麟 撰 栾保群 田松青 校点

齐东野语 ［宋］周密 撰 黄益元 校点

癸辛杂识 ［宋］周密 撰 王根林 校点

归潜志·乐郊私语 ［金］刘祁 ［元］姚桐寿 撰 黄益元 李梦生
　　校点

山居新语·至正直记 ［元］杨瑀 孔齐 撰 李梦生 庄葳 郭群一
　　校点

南村辍耕录 ［元］陶宗仪 撰 李梦生 校点

明代

草木子(外三种) ［明］叶子奇 等撰 吴东昆 等校点

双槐岁钞 ［明］黄瑜 撰 王岚 校点

菽园杂记 ［明］陆容 撰 李健莉 校点

庚巳编·今言类编 ［明］陆粲 郑晓 撰 马镛 杨晓波 校点

四友斋丛说 ［明］何良俊 撰 李剑雄 校点

客座赘语 ［明］顾起元 撰 孔一 校点

五杂组 ［明］谢肇淛 撰 傅成 校点

万历野获编 ［明］沈德符 撰 杨万里 校点

涌幢小品 ［明］朱国祯 撰 王根林 校点

清代

筠廊偶笔 二笔·在园杂志 ［清］宋荦 刘廷玑 撰 蒋文仙 吴法源
　　校点

虞初新志 ［清］张潮 辑 王根林 校点

坚瓠集 ［清］褚人获 辑撰 李梦生 校点

柳南随笔 续笔 ［清］王应奎 撰 以柔 校点

子不语 ［清］袁枚 撰 申孟 甘林 校点

阅微草堂笔记 ［清］纪昀 撰 汪贤度 校点

茶余客话 ［清］阮葵生 撰 李保民 校点